マドンナメイト文庫

【僕専用】義母と叔母のW相姦ハーレム

浦路直彦

目次

contents

【僕専用】義母と叔母のW相姦ハーレム

第一章　熟義母の悩ましい太もも

「よし！　これでオーケー。お疲れさまでした」

伝票にサインし、引っ越し業者が元気よく帰っていくと、父は満足そうな顔で二人に振り返った。いかにも、これで俺の役目は終わったという表情だった。

「じゃあ、時間が迫ってるから、出張に行ってくる。あと片付けができなくてすまん！　優斗《ゆうと》、母さんをしっかり守るんだぞ！」

父はそう言うと、最初から用意していたらしい荷物を大急ぎで持った。

「この三日間で親子の絆《きずな》を深めといてくれ！」

そう言い残し、慌ただしく家を出ていった。

「気をつけてね、あなた」

「いってらっしゃい、父さん」

前薗《まえぞの》優斗も小さく息をつき、義母の雅美《まさみ》を見た。

「落ち着かない父さんでごめんね」

「うふふ、あの人のテンションの高さが好きになったのよ」

雅美は玄関にまでうず高く積まれた段ボールの山を見やり、腰に手を当てて、芝居っ気《け》たっぷりにため息をついた。男子高校生でも振り返るほどの美人なのに、仕草や物腰がどこか三枚目なところがある。幼稚園の先生だったから、というのが本人のお気に入りの言い訳らしい。

「片付けの前に、ちょっと休憩しない？　気疲れしちゃったわ」

二人はまだ慣れない家のリビングダイニングに向かった。

優斗は先に階段を昇る義母のワンピースのお尻を見つめた。

(ママ、引っ越しの日にミニのワンピースなんて、やっぱりちょっと変わってる)

薄手の繊維らしく、ワンピースのお尻に、パンティラインがくっきり浮き出ていた。

(ママがどんなパンティ穿いてるのか、はっきりわかる……立っているだけで、これだけきれいに浮き出てるんだから)

雅美は、亭主と優斗とともに、ダークブラウンのミニのワンピースで引っ越しに臨んでいた。専門業者のお任せコースだが、引っ越しは家族にとって重労働だ。雅美が腰を屈《かが》めるたび、フルバックらしいパンティのラインが、クロッチの扇形までくっきりと浮き出ていたのだ。

「ママ、ストッキングは穿いてないんだね？」

「今日は忙しくて、蒸れそうだと思ったから穿かなかったの」

デリケートな質問なのに、義母はこともなげに答えた。

「お湯を沸かすわね。これが一番にしたくて、段ボールは残しておいたの。うふふ」

雅美は段ボールをひとつ開け、ケトルとコーヒーセットを取り出した。

お湯が沸きコーヒーを淹《い》れると、まだ忙《せわ》しない雰囲気のリビングに、華やいだコーヒーの香りが漂った。

「さあ、今日からここで新しい生活が始まるのね。あらためてよろしくね、優斗君」

義母は両手を差し出してきた。

優斗もさほどの抵抗を感じることなく両手を差し出し、義母の両手を握った。義母はそのまま重なった二人の手を、大きく上下に揺らした。

父が再婚したのは三週間前だった。

何度か父から話を聞いていて、最初にレストランであいさつを交わしたのが二カ月前だった。幼少期に実母を病気で亡くしていた優斗は、明るそうな熟女が自分の母親になるというのが、素直にうれしかった。父は息子が拒絶することを心配していたようだったが、優斗の反応を見て、目に見えて安心していたのをよく覚えている。

「ママって、スキンシップがすごく多いね」

子供じみたオーバーな両手の握手を離すと、優斗は訊《き》いてみた。

「あら、スキンシップはコミュニケーションの第一歩でしょ？」

それは、赤ちゃんか幼児を対象にした場合だろうと優斗は思う。

（僕はママから見たら赤ちゃんなのかな？　法律上はママの子供だけど……）

雅美も再婚で、別れた亭主とのあいだに子供はいなかった。

前の家でぎこちない三人家族の生活が始まってから、優斗は徐々にこの三十八歳の熟女との接し方を学んできた。優斗によく触れてくるので、最初は驚いたものだったが、雅美はすべて「幼稚園の先生だったから」で説明を済ませた。

だが優斗は、義母の雅美はもともとかなり天然なのではないかと思っていた。

（お風呂から裸で出てきたときは、びっくりしたよ……）

三人生活が始まったばかりのころだった。湯気を漂わせて浴室から出てきた裸の義母と、まともに鉢合わせたことがあったのだ。

義母はごめんなさい、ともごもごとつぶやき、慌てて浴室に戻っていった。

義母の豊かな乳房や、鋭角的でない流麗《りゅうれい》なボディライン、そして垣間《かいま》見た股間と逆三角の恥毛などが、優斗の網膜にしっかりと焼きつけられていた。若干の罪の意識を覚えつつ、その日以降、その光景はしばしばオナニーのネタになっていた……。

「段ボールを片付けましょうか。どこから始める？」

「玄関からやろうよ。靴とか早めに出しておきたいから」

コーヒーカップを置くと、二人は玄関に向かった。

そして、さっそく問題が発生した。

「そうだ！　電球が切れてるんだった。先に替えなきゃ」

やや薄暗い玄関の天井を見て優斗は言った。引っ越しが始まってすぐに気づいた父に命じられ、優斗はコンビニに走って買っていた。

「引っ越し初日にゲンが悪いって、父さん苦笑いだったわね」

段ボールだらけの、まだ見慣れない玄関を軽く見渡し雅美がつぶやく。

「困ったな……台になるものがない。二階のリビングから椅子を取ってこなきゃ」

玄関の天井は高く、背を伸ばしても当然届かない。

「優斗君、あなた体重は何キロ？」

予期しない質問だ。なぜここでそれを訊いてくる？

「六十五キロぐらいだけど……？」

「うふ、私のほうがはるかに軽いわね。じゃあ決まり！　優斗君、しゃがんで」

「え、しゃがむ……なんで？」

「肩車するの。あなたが下。さあ、早く！」

楽しそうに笑い、義母は両手のひらを下向きにヒラヒラした。

ミニのワンピースの女性を肩車？　優斗は喉元まで出かかった当然の疑問をなんとか飲み込み、義母の手に誘導されるようにゆっくりしゃがんだ。

「ほら、頭を下げて。跨《また》ぐわよ……」

視界が暗くなり、顔の両側に義母の白いふとももが触れてきた。

首のすぐ後ろに、義母の豊かなお尻の感触があった。

「ちょっと怖いわね……優斗君、しっかり挟むから、ママの脚を持ってて」

顔の両側から触れてくる、ふとももの圧力が強くなった。優斗も外側から手のひらいっぱいにふとももを押さえた。

(ああ、ママのふともも、やわらかい……両側から頬ずりされてるみたい)

三十八歳の熟女のふとももは、優斗の頬に吸いつくようにしっとりしていた。引っ越し作業で汗もかいているだろう。優斗の顔を包むように、ワンピースの裾の内側には、ほのかな女性の汗の香りと湿気が漂っていた。

「そのまま、ゆっくり立って。ゆっくりよ……」

頭の上から、義母の声が聞こえた。

優斗は腰と脚に力を入れ、義母の上半身のバランスを崩さないように、ゆっくりと立ち上がった。

恐怖のためだろう、義母はけっこうな力で優斗の顔をふとももで挟んでいた。頰を両側から押しつぶされ、口が縦向きのタコのようになってしまう。優斗自身も両手に力を込めて、ふとももを左右から押さえつけていた。

(僕の首の後ろに、ママのパンティのアソコが……ああ、このまま振り向きたい)

往年《おうねん》のホラー映画のように、首だけを百八十度半回転させたい衝動に駆《か》られた。

(この首の後ろの感触、ママの直《じか》のパンティなんだよな。僕の首とママのアソコにあるのは、薄いパンティ一枚だけ……)

ストッキングを穿いていないので、感触が文字どおり生々しい。

「優斗君、ホントにしっかり持っててね。ちょっと無理して手を伸ばさないと届かないから……」

異論などあるはずもない。自分の息がつまるのもかまわず、優斗は義母のふとももをぎゅっと支えた。

「よしっ！　替えられたわ。優斗君、もう大丈夫よ」

視界が少し明るくなった。交換した電球が灯《とも》ったのだ。

名残《なごり》惜しい気分で優斗はしゃがんだ。義母が股間を優斗の首から離す直前、優斗は一瞬だけ振り返った。

そこには、大きく脚を拡げた義母の股間があった。ミニのワンピースに包まれた仄《ほの》暗い中、白いレースのパンティの股間部分が鮮やかに見えた。

「ママ……肩車なんてされたの、何年ぶり？」

「子供のとき以来だから、三十年ぶりぐらい？　うふふ、でも幼稚園の先生だったころ、よく園児たちが申し出てきてたわ。『せんせい、かたぐるましてあげるよ！』って、私のスカートの中に潜り込んでくるの」

「それ……男の子ばかりだろ？」

「そうよ。でも成功したのは、優斗君が初めてだわ」

義母はそれこそ園児のように、うふふ、と楽しそうに笑った。

「園児たちに、からかわれてたんじゃない？」

「そうかも。私、いろいろそそっかしいから」

義母が幼稚園の先生をしていたのは、前の亭主と結婚するまでだと聞いていた。二十代の前半か。美人でおっちょこちょいの先生なら、園児たちに人気があっただろう。

「私は脱衣場の整理をするわね。お風呂周りを先にやらないと落ち着かないの」

玄関周りの整理が終わると、義母が言った。

階段を昇る義母に続き、優斗はパンティラインをじっと見つめる。

（ごめん、今夜のオナニーのネタ、決まっちゃったよ……）

チノパンの奥では、いますぐにでもオナニーしたいほどペニスが勃起していた。

義母はまず大きな段ボールを開き、タオルやバスタオルを丁寧に畳んでいった。正座して背筋を伸ばした姿は美しく、ミニのワンピースという洋装なのに、どこか大和《やまと》撫子《なでしこ》的なしとやかさがあった。

「あのね、優斗君、お風呂のことなんだけど……」

畳んでいるタオルから目を上げずに、義母はやや改まった口調で言った。

「その……私たち家族じゃない？　節度は大切だけど、あんまりかしこまってちゃ、息が詰まっちゃうと思うの」

深刻な話のつもりらしいが、どこか照れ笑いのような表情が浮かんでいた。

「正直に言うとね、お風呂から出てくるとき、私いつも裸だったの。優斗君が迷惑そうだから、脱衣場でパジャマを着てるけど、これってどうなのかと思うのよ」

「それは、迷惑ってわけじゃ……ただちょっと恥ずかしいだけで」

大歓迎の提案をしてきそうなのに、優斗はそんな言い方をしてしまった。

「じゃあ、下着だけ身に着けるのはどう？　優斗君はパンツ、私はパンティとスリップ。お互い最低限のものを着てたらいいんじゃない？」

それはそれで、疑問の残るアイデアだ。

「うん、それでいいと思う」

「うふふ、スバラシイ折衷《せっちゅう》案でしょ？」

なにがスバラシイだよ、と優斗は内心で苦笑いを浮かべた。幼稚園の先生だったからというのは、やはりひどい天然を隠すカモフラージュに違いない。

「ねえ、ママって、お風呂から出て、いつまで下着姿でいるの？」

「身体のほてりが収まるまでよ。夏は特に。うふふ、下着のままでお茶を飲んでゆっくりしたり。優斗君が気にならないなら、ずっとそのままでいるかも」

どこまで本気なのか。義母はまた、うふふ、と笑った。

「ねえ、下着の入った段ボールを取ってくれない？　脱衣場のチェストに入れるから。私とお父さんと、優斗君の三つ」

「わかった」

脱衣場に向かう義母に、優斗は声を飛ばした。それぞれの肌着だけを入れた、小さな段ボールがあったはずだ。どれもそんなに大きくない。

口はガムテープでとめずに、いい加減に卍の形に閉じてあるだけなので、ちょっと開けて確認するのは容易だった。

これは父さんのトランクス、これは僕のボクサーブリーフ、と二人の分はすぐに見つかった。そして、義母のものを見つけるのにちょっと時間がかかった。少し段ボールが大きかったのだ。

(これか。女性だから下着も多いんだな……)

念のために開けてみて、動きが止まった。

色とりどりのパンティが、手のひらに収まるサイズにきれいに畳まれてあったのだ。大半が白で、パステルカラーがそれに続き、赤や黒、黄色に紫なども少数あった。

(穿くお尻はひとつなのに、なんでこんなに数がいるんだ?)

男性的な疑問も湧《わ》いた。自分のトランクスやブリーフなど、十枚に満たない。

一枚を取り上げ、拡げてみた。濃オレンジで白のレースとフリルが施《ほどこ》された上品なものだった。

腰ゴムを指で拡げ、中を覗いた。クロッチの白い縫い取りは薄黄色に少し滲《にじ》んでいた。全体的な繊維のくたびれ具合からして、何度も使用し、洗濯を繰り返したものに見えた。

(ヴィンテージものだな……次にこれを穿くのは、いつなんだろう)

できるだけ丁寧に畳み、元の位置に戻した。

優斗は、もうひとつの違和感に気づいた。

持ち上げてみると、なにかガサゴソと下のほうで音がするのだ。やわらかい繊維の下着はこんな音を出さない。

(なんか、硬いものが下に入ってるのか?)

チラリと脱衣場を見たが、義母からは死角になっていてすぐには見えない。

整然としたパンティの列をできるだけ乱さないよう注意しながら、優斗は段ボールの奥に手を突っ込んでみた。

(これ、プラスチック? なんだろ……)

プラスチックのような感触のものが手に当たる。表面はでこぼこしているようだ。

それをゆっくり引っ張り出してみた。思わず悲鳴をあげそうになってしまう。

(こっ、これっ!?)

手に摑んでいたのは、なんとバイブレーターだった。

大人の勃起男根を模《も》した樹脂製のもので、毒々しい紫色をしていた。怖い病気にでもかかったような、現実のペニスにはありえないイボイボが軸棒に意匠《いしょう》されている。根元からコードが伸び、リモコンボックスが出てきた。乾電池が入っているようで重い。オンオフのスイッチがあり、優斗は考えもなくスイッチを入れてしまった。

ヴヴヴヴヴゥゥゥ！

偽物のペニスは怒ったようにうねりだし、低い振動音を発した。

慌ててスイッチを切った。脱衣場を見たが、義母が気づいた様子はなく、なにも言ってこなかった。

「優斗君、私の下着の段ボール、あった？」

「ああ、あったよ。いま持っていく！」

バイブレーターを一番下に戻し、パンティの列の乱れを直して、元どおりに段ボールを閉じた。義母の淫らな秘密を知ってしまい。激しく動揺していた。心臓は早鐘《はやがね》を打ち、息まで荒れていた。

一段落したのか、義母は立ち上がった。

「お手洗い。コーヒーが好きなんだけど、どうしても近くなって……」

義母は恥ずかしそうな笑みを浮かべて、求めてもいない言い訳をした。

トイレに入って一分後、なんと扉が薄く開き、義母が声をかけてきた。

「優斗君、ごめん……どこかにトイレットペーパーの段ボールないかな？　その近くにあると思うんだけど」

義母はトイレの備品を確かめないまま、用を足してしまったのだ。

トイレットペーパーはすぐに見つかった。少しだけ開いた扉からひとつ渡す。

「どうぞ、ごゆっくり」

罪のない皮肉を言うと、義母はまた「ごめん」と言った。

そのとき、僅《わず》かな隙間から、一瞬だけ義母のトイレ姿が見えた。義母は白いパンティを膝まで下げてしゃがんでいた。ワンピースの裾があるので、さすがにきわどいところまでは見えなかった。

「まだキッチンが整理できてないから、今日だけカンベンね。明日からちゃんとお食事をつくるからね」

充分に片付いたとは言えないリビングダイニングで、洋食のデリバリーを頼んだ。

お風呂は先に義母が入った。約束どおり、出てきたとき義母が身に着けていたのは、おそろいの薄ピンクのパンティとスリップだけだった。

「冷たいお茶を入れるよ」

バツの悪さから、すぐに自分の部屋に行きたい気持ちもあったが、意地になって義母にそう言った。

「あら、ありがとう。うふふ、一日の中でこの時間が一番リラックスできるわ」

ソファに浅く腰かけて、義母はお茶を飲んだ。優斗はわざと対面に座ったが、義母は本当に抵抗を感じていないようだった。

（スリップに、おっぱいの先が浮き出てる……）

二つの乳首の頂点から、やわらかなしわが周辺に伸びていた。小さめの乳輪も薄く透けている。豊かな乳房を覆《おお》うスリップは、上品な和菓子の薄皮のように半透明で、年齢の割によくくびれた腰のラインまで透かせていた。

「優斗君も、お風呂から出たらパンツだけで出てね。ママ一人だけだと恥ずかしいわ」

父の不在で二人だけの約束ができたことが、なんとなくうれしかった。

そのあとしばらく、変わってしまった通学ルートや起床時間の話になり、それから父が出張から帰宅する三日後までに、どのぐらい家の整理ができるかの話になった。

優斗は高校二年生の十七歳だが、近距離の引っ越しだったため学校は変わらない。

（ママのパンティのアソコ、ふっくらしてる……）

リラックスしているのは本当らしく、義母は腰かけたソファで、膝を丁寧に閉じてはいなかった。肩幅より少し狭いぐらい開いていたのだ。ふとももの合間から、パンティの股間部分がはっきり見えていた。

スリップが超々ミニのスカートのように見え、逆三角を描く薄ピンクのパンティがひどくいやらしく見えた。

「さあ、優斗君もそろそろお風呂に入りなさい。私もパジャマを着るわ。うふふ、普段ならとっくに着てるのに、話に夢中で忘れてたわ。風邪ひいちゃう」

優斗は脱衣場に向かった。

（僕、ママと並んでパンツ一枚になんかなれないよ。チ×ポが勃ってるのがまるわかりじゃないか）

自嘲《じちょう》気味に笑みを浮かべると、優斗は脱衣籠に目を向けた。

つつましく一番上にバスタオルがかけてある。天然の義母でも、さすがにこのあたりの慎《つつし》みはあるらしい。

ごくりと喉を鳴らして、バスタオルを取った。

昼間義母が着ていたワンピースが現れた。手に取ってみると、引っ越しで含んでいた汗が揮発《きはつ》したからか、義母の香水や整髪料の香りが脱衣場に濃厚に広がった。

(なんだか、昼間のママがいま目の前にいるみたい……)

ゆっくりと深呼吸して、義母の香りを肺いっぱいに満たした。

その下はパンティとブラジャーだった。白のおそろいだ。

おそるおそる、パンティを手にしてみた。

前の家でも考えたことはあったが、じっさいに手にするのは初めてだった。興味はあったものの、義理とはいえ母親なので、高校生なりに倫理観が働いたのだ。

(このパンティの、この部分が、玄関で僕の首の後ろに当たってたんだ)

まずはその軽さに驚いた。自分のボクサーブリーフやトランクスと目的は同じなのに、ハンカチほどの軽さと儚《はかな》さしかなかったのだ。

上品なレースが施されたフルバックパンティだが、お股のクロッチは裏側から厚めに縫い取られ、白みがつよかった。

腰回りのゴムを、両手の指で四角く拡げた。上から覗き込んでみる。

クロッチの船底はメッシュ地になっていた。そこが薄黄色にべっとりと滲んでいる。オリモノと汗、おしっこの残滓《ざんし》だろうか。

（男のパンツよりも汚れやすいって聞いてたけど……）

美しくて可愛らしい義母の恥ずかしい秘密を知ってしまい、優斗は暗い優越感を覚えた。

（このパンティ、もらっていこうかな……あとで返しておけばいいんだし）

やったことはないが、下着泥棒の気持ちが少しわかる気がした。ここでも優越感を覚えた。こっそりもらったところで、窃盗にはならない。自分の家族なのだ。

服を脱ぎ、パンティを戻して浴室に入ろうとしたところで、天啓《てんけい》がひらめいた。

（これ、穿いてみようかな……）

不安になるほど軽い義母のパンティを再び手にして、片足を上げた。

（なにこれ、すごく頼りない）

パンツを穿いているという感覚ではない。穴の開いたハンカチに無理やり足を通しているような気分だった。

両方の踵《かかと》を通し、ふくらはぎからふとともに上げていく。そのあいだも、強い違和感は消えなかった。だが男性用でないものを身に着けているのを一番実感したのは、ペニスと尻を包み、穿き終えたときだった。

自分の尻を半分ほどしか包めていない。海パンを穿く前のサポーターのホールド感より小さい。

（チ×ポがすごい窮屈……入りきらなくて、先っぽが上から出ちゃってるよ）

勃起ペニスの先が腰ゴムをくぐって顔を覗かせ、優斗と目が合っていた。

女性用パンティに、男根を収納する前提などないからだ。

強い締めつけ感は、そのまま優斗の秘悦の大きさだった。

（なんか、ママとひとつになってる気分……）

経験したことのない倒錯《とうさく》感に包まれた。自分はここまで変態だったのかと驚く。

パンティを穿いたまま浴室に入った。シャワーのコックをひねる前、また歪《ゆが》んだアイデアが湧いた。

（このまま……パンティ穿いたまま、おしっこしてみよう）

勃起ペニスを無理やりパンティの中に押し込んだ。おしっこをしたいと考えると、ゆっくりだが勃起は少しだけ収まっていく。

立ったまま、巨大なもっこりが包まれたパンティを見下ろした。

下半身の戒《いまし》めを解《ほど》き、排尿を始めた。

パンティのフロントに、おしっこが滲んだ。おしっこはパンティ内にあまりたまらず、存外に勢いよく弧を描いて外に飛び出した。元気のない立小便のようだ。

おしっこの一部はふとももの内側を伝い、熱い線となって足元に溜まっていく。

(ママも立っておもらししたら、こんな感じなのかな……どんな顔をするんだろ?)

させてみたい、しているところを見てみたい、そんな衝動を覚えた。

黄色くぐしょぐしょに濡れたパンティは、穿くとき以上に脱ぎにくかった。

シャワーで洗い軽く絞ると、パンティは元の白さを取り戻した。

優斗はそれを拡げ、勃起して上を向いたペニスに巻きつけた。

中学生のときにオナニーを覚えて以来、時間は寝る直前で場所は自室、というマイルールを初めて破った。とても待ちきれなかったのだ。義母のパンティという、具体的なオカズを使ったのも初めてだった。

新しい家での記念すべき初オナニーは、異例ずくめだった。


(優斗君、バイブレーターのスイッチを入れてたわよね。あの音……)

パジャマを着て、優斗とおやすみのあいさつをしてから、雅美は慣れない新しい部屋のベッドで悶々《もんもん》と悩んでいた。

脱衣場で段ボールのタオルや着衣を整理しているとき、リビングから突然、こもったような振動音が聞こえてきた。

音はすぐに消えたが、聞き間違えようがなかった。あれは自分が前の家から、そして優斗の父と再婚する前から持っていた、バイブレーターの発する音だ。

自分の下着の入った段ボールの奥なら安全と思っていたが、まさか優斗がそれを見つけてしまうとは。

（優斗君、アレがなんの目的で使うものかぐらいは知ってるわよね……）

それを思うと、顔から火が出るほど恥ずかしかった。品行方正《ひんこうほうせい》な母親を気取るつもりはないが、やはり親としての威厳《いげん》は持っていたいと思う。アレを使って浅ましい声をあげる自分を、優斗は想像したのだろうか？

段ボールの上段にキチンと重ねていたパンティが、いやに乱雑になっていた。オレンジのパンティなど、あきらかに一度拡げ、そして畳んだらしい跡があった……。

（まさか、優斗君、私を女性として見ているの？）

三週間前に、前の家で始まった三人家族としての生活。義理の息子となった優斗は、再婚した亭主によく似た、いわゆるイケメンだった。子供を持ったことがない雅美に戸惑いはあったが、できるだけ自然体でいようとした。優斗も、少なくともそのようにふるまっているのはわかった。

そして少しだけ懸念していた、優斗が自分に性的な目を向けてくるようなこともないと思っていた。

（今日、階段を昇るとき、優斗君の視線を感じて、お尻がむずむずしちゃったわ……）

意を決して、風呂を出たあと、下着姿でいるのはかまわないことにしようと言うと、優斗は素直に承認した。

入浴後、薄パンティとスリップだけになってソファに腰かけたとき、彼は真正面に座った。そのときに、怖れていた疑問が正解に近いと直感した。正面に座った優斗の視線が、自分の乳房と股間にくぎづけになっていたのだ。雅美はそしらぬふりをして、反応を見る意味でも、ときおり脚を開いたりしてみた。

（昨日までは、そんな視線を感じなかった……やっぱりアレかしら、肩車……）

肩車を提案したのは、単に二階に椅子を取ってくるのが億劫《おっくう》だったからだ。それなら体重の軽いほうを肩車すれば、すぐにでも電球は替えられる。

（こんなところが、天然とか宇宙人とか言われるのよね……）

雅美は自嘲気味に笑う。自分を美人だと自覚したことはないが、人に言われたことは何度もある。そして、斜め上の判断や発言が宇宙人だということも自覚していた。

（うふふ、うちの人に怒られちゃうわ。息子を肩車して、自分のお股に挟ませた、なんて言ったら……）

念のために、優斗にはそれとなく口どめをしておいたほうがいいかもしれない。

だがあの肩車で、雅美は自分自身の気持ちにも動揺していた。

（ああ、十代の健康な男の子を、お股に挟んじゃったのね……）

ベッドで横になりながら、雅美はふとももに力が入った。

（うふふ、怖かったのはホントだけど、ぎゅっ、て優斗君を挟んじゃった）

またぐらに優斗の頭がある情景を思い出し、雅美はゆっくりと息を荒げた。

（そうよ、優斗君……私のココに、あなたの頭が当たってたのよ）

雅美はベッドの上でふとももを拡げた。パジャマの腰ゴムから手を入れ、パンティ越しの性器に手のひらを当てる。

（優斗君、顔だけ反対向きになったら、私のパンティの上から、お股に直接……）

パンティ越しに、優斗の顔が股間に押しつけられている情景を想像した。

（ソファに座って、ずっと私のココを見てたわね。こんなことがしてみたいの？）

パンティの上から、手のひらで性器を撫《な》でた。パンティはすでにしっとりと湿り気を帯びている。

（ううん、パンティなんか邪魔よね。ホントは直にこんなことしたいのよね……）

シーツを被ったまま、雅美はもぞもぞとパジャマの下を脱ぎ、パンティにも手をかけた。片手を伸ばし、ベッドに入れておいたバイブレーターを握る。

ネットで購入してから四年間、大事に使っていたものだ。

優斗の父と再婚の意思を確認し合い、最初にセックスしたとき、振動もうねりもしない、本物の男根を懐かしく思ったものだった。

(ああ、これが、優斗君に見られたのね……)

もっと慎重に隠しておかなかった自分を恨めしく思う。

バイブレーターを逆手《さかて》に持ち、股間にかまえた。スイッチを入れる。前の亭主と別れて以来、ルーチンとなった動きだった。

ベッドのシーツの中で、バイブがこもった振動音を漏らしてきた。

バイブの先が膣口から入ってくると、雅美は顎を出して「ううん」と呻《うめ》いた。

(そう、そうよ……優斗君、ママ。こんなふうにこれを使ってるの……おバカなママだと思ってるでしょう。でも、わかって。ママも女なのよ……)

優斗に失望の目を向けられているのを思い浮かべ、自虐的に自慰にふけった。

(それとも、優斗君がママを助けてくれる？　パパがいないあいだ……)

そこまで考えて、バイブのスイッチをとめた。

(私ったら、なんて怖いことを考えてるの……優斗君は、義理とはいえ息子なのに)

この三日間、引っ越しを終えたばかりの亭主のいない家を、息子と二人で守っていかなければならない。

(ホントの親子みたいに信頼関係を築けるよう、協力し合わなくちゃいけない……)

ある意味この三日間はその試金石、試練のときでもあるだろう。

亭主が出かける前に言ったように、親子として絆を深めるチャンスでもある。

だが同時に、亭主が三日間おらず、亭主によく似た魅力的な十代の少年と、二人きりなるのだ。これはどういう「チャンス」なのか……。

思いを振りきるように、バイブのスイッチを入れた。

バイブオナニーで頭に浮かべるのは、かつて思いを寄せた男性やテレビの若手俳優、性交をする前は現在の亭主である優斗の父だったりした。

だが、その夜に雅美が思い浮かべたのは、隣の部屋で寝ている義理の息子だった。

(ああ、ダメ、ダメよ、優斗君！ 親子の絆って、こういうことじゃないわ……)

優斗の若いペニスが、猛《たけ》りながら自分の中に激しく出入りする情景を生々しく想像しながら、雅美は三十分ほどのオナニーで果てた。

第二章　ヌルヌルローション射精

「こんにちは！　お疲れのところごめんなさい」

元気よく現れたのは、亭主の妹の由美《ゆみ》だった。

「あら、由美さん！　この家のお客様第一号ね。どうぞ上がってください」

「昨日、お手伝いに来れなくてすみません。どうしても外せない用事ができて」

由美は既婚者だが、兄である亭主と仲がよかった。甥である優斗も、よくなついていた。以前、引っ越しの日は手伝いに来ると言っていたのだ。

「うちの人は出張で、優斗君もまだ学校で、私一人でアイソなしですけど」

引っ越し祝いの品を礼を言って受け取り、雅美は由美をリビングに招いた。

「まだ段ボールがそのままでしょ。みっともなくて恥ずかしいわ」

「引っ越しは重労働だものね。いまさらだけど、なんか手伝えることある？」

「いえいえ、あとは雑多なことばかりだから」

雅美が淹れたコーヒーをそそくさと飲み干す。

「ねえ、家の中見ていい？」

「どうぞ。あちこち見ていって。さすがに転んじゃうようなものは片付けたから」

三十六歳の由美は、少女のように軽い足取りでリビングを出た。

遠藤《えんどう》由美は五年前に結婚していたが、子供はいない。夫婦間で起こった問題がこじれており、そのことを雅美の亭主である兄によく相談していた。

「へえ、お風呂、こんなに広いんだ。んふふ、親子三人でも入れそうね」

デリケートな冗談を口にすると、由美は兄の書斎、夫婦の部屋など、わりと遠慮なく覗いていった。

「ここが優斗の部屋かぁ、生意気！　広すぎるわ。私も泊めてもらうとき、優斗の部屋で寝ようかな」

「あら、うちの息子を誘惑しないでください」

「義姉《ねえ》さんだって、私の大切な甥までまんまと取り込んだじゃないですか」

ここで火花が散らないところが、二人の性格の特殊なところだった。

由美の兄である亭主が結婚の意思を告げたとき、由美はわかりやすく雅美に敵意を向けていた。だがそれは、ほんの数日の短いあいだに霧散《むさん》してしまった。

雅美が天然で宇宙人だったからだ。優斗が義母になついていることもあっただろう。敵対は損だと、由美は判断したに違いない。

きわどい冗談の応酬はあったが、雅美に害意はないと由美に思わせているので、ごく表面上は非常に円満な関係が築けているのだ。

ダークブラウンに染めた髪はボブカットにしていて、薄暗いところで遠目に見れば高校生ぐらいに見えるかもしれない。黒目の大きい垂れ目気味の瞳は、好奇心むき出しの子供のようにも見える。全体に雅美よりも小柄だが、胸のボリュームは由美のほうが大きいかもしれない。

「優斗はいつごろ帰ってくるの？」

「もうそろそろだと思う。引っ越しして通学ルートが変わったけど、前よりも十分ぐらい早くなりそうだって言ってたから」

まだ段ボールが積まれたままの亭主の書斎を覗いているとき、玄関から声がした。

「ただいま！　あれ、叔母さん、来てたの」

優斗がうれしそうに言った。

「『手伝いに来た』って、昨日じゃなくて今日いらしたの」

「義姉さん、きっついい！」

「叔母さん、今日は泊まっていくの？」

「ううん、今日は新しい家を覗きにきただけだから。このあと用事もあるし。引っ越しの片付けを手伝おうかってウソついたんだけど、義姉さんにバレてたみたい」

雅美は失笑しながら言った。

「時間までゆっくりしていってちょうだい。優斗君とあちこち偵察して。私はちょっと役所にいかないといけないの」

優斗が帰宅するタイミングになったが、区役所や郵便局など、引っ越しに絡む面倒な手続きを一気に済ませておきたかった。

「わかった、ママ。叔母さんと家じゅうを探検しておくよ」

優斗と叔母の二人だけにして家を空けることに、なぜかそこはかとない不安を覚えた。それに、明確な嫉妬もあった。

（優斗君、あなたを守るのは母親のこの私なのよ。あなたは、私のものなの）

由美に対して、以前とはベクトルの異なる対抗意識が芽生えた。

（そうだわ、今日あの荷物が新しい家に届く……うちの人に使う前に、優斗君にお願いしてみようかしら）

区役所に向かう途中、危険なアイデアを思いつき、スカートの中で股間がしっとり潤うのを感じた……。

「私も、泊まるなら優斗の部屋でって言ったんだけど、義姉さんにやんわり断られちゃった」

「あはは、ママ、ヤキモチ妬《や》いてるんだよ、きっと」

「プレイボーイ気取り!? でもそうよね。優斗と私、優斗が生まれたときから知ってるもんね。義姉さん、法律上は母親でも、知り合って半年も経《た》ってないし」

甥と叔母は昔から仲がよかった。

中学のころからほぼショートカットだった由美は、大学生のころまだ幼児だった優斗と歩いていたときに、年の離れた姉弟だと間違われたことがあった。

「んふふ、あのときは腹が立ったけど、逆にいまそんなふうに間違えられたら、ちょっとうれしいかも」

「いまは間違えられないよ。叔母さん、お美しくなったから」

「ひっぱたくわよ!」

ボーイッシュな美少女は、そのまま少年の面影を残したような美女になった。

白いブラウスだが生地は薄く、普段着のラフなものだ。紺のスカートも軽そうで、室内なのに小柄な叔母が動くたびに、やや危なっかしく翻《ひるがえ》る。

「んふふ、慣れない家だけど、優斗の部屋だと思うと落ち着くわ」

叔母は優斗のベッドに飛び乗るようにして腰を落とした。スカートが翻り、一瞬だがベージュのストッキングに包まれたふとももの大半が見えた。

「父さんの代わりに、叔母さんの相談に乗ってあげようか？」

夫婦間の問題の相談を、兄である父にしていることは知っている。とぼけてそんなふうに訊いてみた。

「うれしいけど……優斗じゃまだ無理。優斗は私の癒しになってくれてるから、それで充分よ」

少し悲しそうに叔母は言うと、片方の踵をベッドに上げ、片膝を両手で抱いた。

「あの、叔母さん、スカートのなかが丸見えだよ……」

真紅《しんく》のパンティがモロに見えていた。クロッチの横線まで見え、曲線で描いたHの字になっている。

「優斗の部屋の中ぐらい、気を抜いてもいいじゃない」

叔母は意に介したふうもなく、やや憂鬱《ゆううつ》そうな口調のまま言った。普通なら、慌てて脚を下ろし、スカートの裾を両手で膝まで引っ張りそうなものだ。

（そういえば、叔母さん、ブラジャーも透けてる。赤だ……パンティとおそろいなんだな）

美しい叔母を女性としてみるようになったのは、中学生のころだったか。

叔母が社会人になっても、優斗にとって由美は、乱暴者でボーイッシュな兄貴分でしかなかった。だがあるとき家に来ていた叔母と、連れてきた友だちが鉢合わせたことがあった。そのとき、叔母を母親と間違えた友だちにうらやましがられたのだ。

『お前の母さん、すごく若くてきれいだな！　俺、あんな母さんがいたら一日中落ち着かなくなるよ』

前半はまんざらでもなく、後半はドン引きだったが、この言葉で初めて、客観的に叔母を美しい女性として意識するようになったのだ。

だが義理の母親とは異なり、叔母は間違いなく近親だ。中学生のころのピュアな倫理観もあり、叔母に性的な想いなど向けてはいけないと、強く自分を戒めていた。

それまでは叔母のことを、「由美ちゃん」「由美姉ちゃん」と呼んでいたが、叔母の結婚を機に、叔母さんと呼ぶようになっていた。

ストッキング越しの赤いパンティと、透けて見える赤いブラジャーで、透視能力がなくても、叔母の半裸の姿は容易に想像ができた。

「ねえ、優斗って最初は亡くなったお母さんに似てたけど、だんだんお父さんに似てきたわね？」

叔母はふと顔を上げて言った。同時に脚を下ろしたが、代わりに反対側の脚をベッドに引っかけ、やはりパンティは丸見えのままだ。

「うん、自分でも思う……叔母さん、なんだかうれしそうだね」

「んふ、そりゃ肉親が似てきたらうれしいものよ」

叔母は目を逸《そ》らし、どこかぎこちなく答えた。

ベッドから立ち上がると、叔母は優斗に近づいた。

「さあ、そろそろ帰るわ。用事もあるし」

叔母の口調はテンションが低いままだ。相談の件を持ち出したのは失敗だったか。

「いい家ね……私もここで、いっしょに住みたいわ」

「僕もそれを望んだりして……」

「……ずっと前、あなたのお母さんが亡くなったとき、兄さんに……あなたのお父さんに言ったことがあったの。私が代わりに、いっしょに住んであげようかって」

「…………」

「でも断られたわ。おまえの人生はどうなるんだって」

そう言って、由美は無理に少し笑った。

それは初耳だった。父と叔母、なにも知らない幼いころなら、両親としてさほど抵抗なく受け入れられただろう。

「叔母さん……由美姉ちゃん、元気出してよ。笑って握りこぶしが飛んでくるようじゃないと、こっちも調子狂っちゃうよ」

「んふふ、ありがと。また来るわね。義姉さんによろしく」

義母とは異なる芳香《ほうこう》を漂わせながら、叔母は帰っていった。


帰宅すると、玄関に荷物が届いていた。

「ママ、なんか荷物が来てるよ。なんなの、これ？　洗剤って書いてあるけど」

「ああ、優斗君、悪いけど、それお風呂に運んでおいてくれない」

「お風呂？」

「由美さんは帰ったの？」

「うん、さっき帰ったよ。ママによろしくってさ」

叔母と甥、間違いがあるとは思えないが、やはり魅力的な由美と優斗が家に二人だけだったと思うと、心にさざ波が立ってしまう。

雅美は届いた荷物が気になった。夜、お風呂に入る前に自然なかたちで優斗に頼もうかと思っていたが、まだ気持ちの整理がつかなかった。

雅美はワザとらしく肩を回し、つらそうな表情を浮かべた。

「ねえ優斗君、ちょっとママに協力してくれない？」

「協力？」

「昨日のお引越しで身体じゅうが張ってるの。悪いけど揉んでほしいのよ」

「いいよ……」

優斗は目を見開いて小さく言った。喜びを顔に出すまいとしている。

お椀にした両手のひらを前に垂らして近づいてくる。

「あ、ここで肩を揉むんじゃなくて、もっと本格的に……お風呂に行きましょう」

「え……お風呂？」

優斗の当然の疑問には答えず、雅美は浴室に向かった。そこに、いま優斗が運んでくれた荷物が置いてあった。

四リットルのローションだ。ホームセンターにある業務用の洗剤のように、大きなボトルに入っている。ピンク通販のサイトで頼んだもので、備考の欄に洗剤と書くよ

（うちの人と使おうとこっそり頼んだんだけど、優斗君と使うことになるなんて）

自分の心境の変化に、怖い笑みが漏れた。

雅美はそのまま脱衣場で着衣を脱いでいった。後ろで呆気《あっけ》にとられつつも、凝視している優斗の視線を感じた。

「優斗君もパンツ一枚になって」

状況を理解していないが、とりあえず同意する小さな声が聞こえた。

「下着姿はいいって法案が、昨日可決されたのよね」

雅美は白いパンティとブラジャーの格好で、カラカラと扉を開けて浴室に入った。

後ろから、ためらいつつ優斗も入ってくる。グレーのボクサーブリーフのもっこりに目がいったが、むろん見つめたりはしない。

「ママ……ここでなにを？」

「さっき届いたボトルを持ってきて。あれ、洗剤じゃないの」

雅美は大きめのバスマットにうつ伏せに寝ると、両手を枕にして顎を載せた。

「うふふ、なんだか懐かしいわ。若いころ、こうやってパラソルの下で寝てた」

「パンティとブラジャーで？」

「うふ、水着よ。おバカさん」

「このボトルを、どうすれば……？」

説明が難しいが、雅美は言う。

「それはローションっていうの。すごく、なめらかなのよ」

性的な目的で使う、ローションという言葉を知っているかどうかは賭けだったが、ここはとぼけよう。

「それをたっぷりママの背中に垂らしてくれる？　それで、優斗君の手でじっくり揉んでほしいのよ」

「う、うん……わかった」

優斗が四リットルのボトルのふたを開ける音が聞こえた。

「あん、冷たい……もっとよ、もっとたくさん。背中と肩と、お尻や脚にもたっぷりかけてちょうだい」

ドボドボドボと、優斗は言われたとおりにしてくれた。重く冷たいローションが背面いっぱいに満ちていく。白いナイロン地のパンティは、かなり透けているだろう。

「これで……揉むんだね？」

優斗の声は少し震えていた。興奮しているのか、息も荒くなっているようだ。

「そうよ。指先までしっかり開いて、大きくね……あぁんっ」

優斗の温かい手が背中に触れると、雅美は思わず声を漏らしてしまった。

「うふふ、びっくりしちゃった」

厚い膜を張ったようなローションで滑《すべ》るように、優斗の手は肩からお尻の直前までゆっくりと動いた。

「優斗君、手が大きいのね。すごくいいわ……」

ブラジャーのバックストラップがときおり引っかかるが、そこは仕方がない。

「背中を上下するだけじゃなくて、肩や首もお願いできるかしら？」

肩を定石《じょうせき》どおりモミモミし、両手でつくった輪っかで首周りを揉んできた。

「ママの首、細くて長いね。簡単に絞められそうだよ」

「もう、怖いこと言わないの」

別れた亭主と何度か浴室でやったプレイで、このまま浴室セックスに流れ込むのが定番だった。

「優斗君、ちょっと悪いんだけど、ブラのストラップの下に手を入れてくれるかしら？」

優斗がバックストラップをつまむのを感じた。ホックを外されるのかと思ったが、そのまま下へ手のひらを滑らせた。

「ねえ、もっとあちこち……揉んでちょうだい。遠慮しないで」

優斗は黙っていたが、手のひらがわき腹を上下しはじめた。

「ママって、ウェストもすごくくびれてるね。きれいだ……」

「あら、恥ずかしいじゃない。母親のスタイルを褒める息子がありますか」

優斗が指先まで神経を込めているのが触感からわかる。横腹を往復しながら胸に近づいたとき、いわゆる横乳までしっかり揉み込んでいる。偶然ではなく、はっきりと意思が伝わってきた。

(きっと、おっぱいを揉みたいんだわ……)

懸命に自分をセーブしているのだろう。健気《けなげ》さと可愛さに、含み笑いが漏れる。

「ねえ、お尻のほうも……」

優斗の手のひらは、パンティの腰ゴムの直前まで撫で回してきた。背中の一番大きく窪むところだ。

「優斗君、疲れる?」

「いや、ぜんぜん。いつまでだって続けられるよ!」

元気いっぱいの声が背中の上から飛んできた。そうでしょうね、と内心でちょっと意地悪く笑う。

「じゃあ、次は脚をお願い。ふとももの裏側が張ってるの。しっかり揉んでね」

雅美は少し脚を拡げた。優斗は身体を後方にずらせたようだ。姿は見えないが、荒い息が聞こえるのですぐにわかる。

「ああっ、気持ちいい……うっ血が流れていくわ」

つい高い声が漏れてしまった。言葉の後半は付け足しだ。

ふとももからふくらはぎまで、優斗は几帳面に揉んでくれた。コツを覚えたようで、要所要所で少量ずつローションを垂らしてくる。

「優斗君、ふとももをもう一度お願い。そこが一番凝ってるみたいだから……」

まるでベッドの男性パートナーに、別のプレイを頼むような口調になってしまった。

雅美はさらに脚を拡げた。

優斗は生真面目にふとももを揉んでから、股間に近いところにも手を伸ばした。さすがに動きが慎重になっていた。手のひらはときおりパンティに触れている。

「ママ、お股はどうする？」

シレッとした口調でそんなことを訊いてきた。きっと薄氷を踏む思いで口に出したに違いない。ちょっといやらしい大人の笑みがこぼれた。

「そうね、じゃあ一回だけ、手で撫でてくれる？」

雅美もなんでもないことのように答えた。「一回だけよ」と念のため繰り返した。

数秒ほどの間があった。息もとめているらしく、浴室内がシーンとした。

「ああんっ……やっぱりくすぐったいわ」

あとの言葉はやはり付け足しだ。お椀にした手のひらで、優斗はパンティ越しに性器を大きく撫でたのだ。

「ママ、やっぱり女の子なんだね……オチ×チンがなかった」

ジョークのつもりだろう。声が震えているのが痛々しい。

「あとは、大きなところが残ってるわね」

雅美は余裕を見せて平静な声で言った。

「……どこ？」

「お尻なんだけど。優斗君、はっきり訊きたいんだけど、お尻って透けてる？」

「うん……お尻に貼りついて、白いパンティがほとんどベージュになってる。お尻の割れ目のところだけが浮いて、白い線になってるよ」

思わぬ細かい描写に、ちょっと本気で恥ずかしくなった。

「じゃあ、もう同じね。直接お尻を揉んでくれるかしら？」

「いっ」という優斗の高い声が聞こえた。「いいの？」と訊こうとしたのか。

優斗はウエストのくぼみにローションを垂らしてきた。パンティの腰ゴムから、両手を入れてくるかと思ったが、侵入してきたのは片手のようだ。

ふたつのお尻の丸みを、それぞれ丁寧に撫で、揉んできた。鷲摑みにしたいのに、ローションで滑ってお尻が逃げてしまっている、そんな焦《あせ》りも伝わってきた。

「ママ、お尻がちょっと硬い。緊張してる？」

言われてしまった。本物の苦笑が漏れた。

「それはまあ……やっぱり、恥ずかしいし」

「僕は息子だよ。ここには二人しかいないんだ。恥ずかしがらなくていいよ」

精一杯のフォローのつもりだろうが、なかなか怖い発言だ。

優斗の中指が、お尻の縦線に滑り込み、ゆっくりと下に向かっていった。

「こ……こら、そっちは」

「ごめん、ごめん……ママのお尻の穴に触っちゃうところだったね」

慣れてきたのか、露骨な言い方をしてきた。

「さあ、次は前をお願いするわ」

「え……前？」

雅美は物憂《ものう》げそうにゆっくり時間をかけて、仰向けになった。

「揉むっていうか、マッサージしてほしいの。気持ちがほぐれるのよ」

優斗は返事もできないでいた。思考がエラーを起こしているのだ。興奮のあまりか、雅美が初めて見る表情だった。

（ああ、このまま両手を上げて、優斗君を抱きしめたい……）

優斗の揉みほぐしで、身体じゅうが刺激を受け、受け入れ態勢になっている。

（ダメよ……これは由美さんの誘惑から、優斗君を遠ざけるためなんだから）

さすがに自分でも無理のある目的だと思ったが、大人の余裕の口調で言った。

「ほら、どうしたの、優斗君？　ママのお腹と胸と、パンティの上にもローションを垂らして……」

仰向けに寝ているのに、雅美は小首をかしげて優斗に微笑んだ。

（ママ、美人なのにひどい天然だと思ってたけど、それ以上だよ。これ、どこまでやっていいんだ？）

あるいは、やらせてくれるんだ？　うれしさを通り越して、怖れにも似た驚愕《きようがく》が優斗の頭を占めていた。

美しくて優しい義母にエッチなことができるのは、男子高校生として正直うれしい。だが同時に、法律上の母親なのだ。どこまでスキンシップとして容認されるのか。さっき自分が口にした、「ママのお尻の穴」という言葉に背筋が寒くなった。

義母に優しく急《せ》かされ、優斗はまず義母のお腹にローションを垂らした。おへそを中心に透明な池ができた。胸にも白いブラジャーの上から垂らす。

(生クリームのケーキにシロップを垂らしてるみたいだ)

そして、パンティの上からも垂らした。義母は両脚をピタリと閉じており、パンティのクロッチの上に逆三角の池ができた。優斗はわざと、糸のように細くローションを垂らして時間稼ぎをした。

お腹から両手を使って撫でた。背中とは異なり、骨がないのでどこまでもやわらかい。

義母の腹筋が、ふつふつと揺れた。

「うふふ、くすぐったいわ」

義母に言われ、お腹から手を浮かせた。ローションは大量の涎《よだれ》のように透明な糸を引く。

「次は、胸をお願いね……」

こともなげな言い方をしてくる。

ブラジャーの上から？　と訊きたかったが、まあ当然そうだろう。見た目はレーシーで美しいデザインだが、揉みほぐすにはむろん適していない。ざらざらの触感を、ローションのヌメリの助けで、かろうじて滑らせた。

少しだけ、手のひらいっぱいでおっぱいを大きく摑んでみた。義母は一瞬「ううんっ」と顎を出した。

「やっぱり、ぜんぜんマッサージにならないわね。ちょっと待ってて」

義母は顔と両肩を少し浮かせた。浮いた肩からバスマットにも、透明なローションが糸を引いた。

義母はそのまま両肘を張り、両手を背中に回した。

「さあ、ホックを外したわ。これで、ブラジャーの隙間からお願いするわ」

「……………」

また返事ができなかった。それならいっそのこと、ブラジャーを外してしまえばよさそうなものだが、義母のなかではそれが線引きなのか。

だがブラジャーのアンダーから手のひらを忍び込ませると、むき出しのものを大胆に揉むよりも背徳感があった。パンティの隙間からお尻に手を入れたときにも思ったが、手の込んだ痴漢をしているような暗い愉悦を覚えたのだ。

ブラジャーのアンダーにはワイヤーが入っているようだが、ホックが外れたので、難なく手のひらが入っていく。白いカップは大きく浮くものの、義母の背中で押しつけられていて、取れてしまいそうで取れない。

(ブラジャー、ぱっくり取っちゃったら、ママ怒るかな)

なぜかテレビのCMで見た、アサリの酒蒸しが開く様子が頭に浮かんだ。

「ママのおっぱい、すごくやわらかい……」

思い切って、口に出してみた。

「それに、思ってたとおりの大きさだね。ああ、マシュマロみたい……」

あるいは、低反発枕をもっとなめらかにしたような感じに近い。

「あん……ママのおっぱいの大きさなんて、想像してたの?」

「だってお風呂から出たとき、スリップから半分透けてたんだもの」

「………」

義母は目を閉じ、顎を出して、薄く開いた口からゆっくりと呼吸していた。

「ああ、気持ちいい……うっとりしちゃう。マッサージ、とってもじょうずよ……」

この表情と声音《こわね》で言われれば、言い訳くさいのは童貞でもわかる。

（ママ、ＡＶ女優みたいな顔してる……）

ＡＶで激しいセックスシーンに入る前の、キスをしながら着衣を脱がすなどの前戯のところで、女優が見せる悩ましい顔と声だ。

大きく乳房全体を撫でると、頂点の乳首がやわらかく手のひらに引っかかった。白いブラジャーに邪魔され、見えないのがもどかしい。

「ママ、おっぱいの先って、こんなにコリコリしてるんだね。グミみたい」

「あん……そんなことを言っては、ダメよ」

湿った声で言いながら、義母はゆっくりと優斗の手首を摑んだ。

これで危険なマッサージは終わりなのかと思ったが、そうではなかった。

義母は優斗の手を、じつにゆっくりと、パンティの上に導《みちび》いたのだ。

「え、ママ……ここも？」

義母は答えず、また物憂げそうに脚を肩幅ほどに拡げた。

白いパンティはナイロン製だが、ローションで照り光っていた。クロッチは厚みがあり白いものの、フロント全体は半透明になって、薄く恥毛も透けている。

優斗は自分の手のひらにローションを垂らした。

その手を、意を決してピトッと義母のパンティの上から股間に当てた。粘度の高いローションはほとんどこぼれずに、パンティと手のひらに厚い膜となった。

義母は「ひあんっ！」と妙な声をあげた。

「このまま、マッサージすればいいんだよね？」

もう断られないだろうと、優斗はそんな問い方をした。

「そうよ……でも、力を入れちゃだめよ。そこはデリケートなところだから」

デリケートゾーン。生理用品のＣＭのそんな言葉を思い出す。

（ママにも生理があるんだよな。どんなナプキンやタンポンを使ってるのかな？）

我ながら、変態の極《きわ》みのような発想が頭に浮かんだ。

女性のふくらみは、お椀にした優斗の手のひらにきれいに収まっていた。義母を過度に刺激しないよう、やさしく上下にこすってみる。

（パンティが邪魔だけど、これはこれで、やっぱりチカンしてる気分だな……）

最初冷たかったローションは、義母の性器の体温で温かくなっていた。パンティは性器に貼りつき、ヌルヌルとこする優斗の手に悩ましく引きずられている。

「気持ちいいの、ママ？」

声音に気をつけ、露骨に訊いてみた。

「ええ、優斗君、すごくじょうずよ……」

「こんなマッサージなら、僕のほうからお願いしたいぐらいだよ」

義母はゆっくり目を開け、また優斗の手首を摑んだ。その手を、パンティから浮かし、今度はおへそ近くに誘導した。

「パンティの中も、直接マッサージしてくれる？」

切なげな口調で、最後の「る」だけをトーンを上げて訊いてきた。むろん優斗に否定の選択はない。

「うん……」

義母は摑んでいた優斗の手首から手を離した。あなたに任せるわということか。そろえた指先を、パンティの腰ゴムから中に滑らせる。

白いパンティに視界が阻まれていても、女性の性器の形は知識として知っている。中指がまっすぐ女性の縦線に沿うように、奥へと侵入させていった。

指が進むにつれ、恥毛の感触を捉えた。ローションのぬめりで、恥毛も下向きになっていく。

「これが、ママのアソコなんだね。とってもやわらかい……」

か細い高い声で、うっとりと言ってしまう。

義母は返事をせず、つらそうな顔をゆっくりと右に左に動かしていた。

「ごめんね、ママ。血はつながってないけど、ほんとは母親にこんなことしちゃいけないんだよね。僕のわがままを、聞いてくれてるんだね」

ゆっくりと、直球で言ってみた。藪蛇《やぶへび》になる怖れはあったが、義母がどう思っているか知りたかったのだ。

「そうね、でもこれは仕方がないの……」

義母は病に伏せているような、悲しい口調で言った。

「仕方がない？」

意外な言葉に、素《す》の声で訊き返してしまう。

「私たちは……ホントの親子に近づくために、スキンシップから始めないといけないの。親子の絆をギュッと深めるために、これは仕方のないことなの……」

「………」

ただの一文字も理解できなかった。ここまで宇宙人だったとは……。

「でも、ホントの親子なら、こんなことしないよね？」

水を差すのはわかっていたが、聞き返さずにはいられなかった。

義母は目を開き、ローションまみれのバスマットから、まっすぐ優斗を見据《す》えた。

そしてまた、優斗の手首を摑んだ。その手を振りほどこうとはしなかった。むしろ、優斗の手をもっとパンティの奥に入れようとしていた。

「産みのお母さまには悪いけれど、私のココから、優斗君を産みたかった……」

倒錯ここに極まれりの言葉だ。しかしそれで、優斗の義母に対する信頼や愛情、そして性的な関心が薄れてしまうことはなかった。

「僕も、ママのココから出てきたかった」

理解も納得もできなかったが、優斗はそう答えた。

奥へと導こうとする義母の力を借りつつ、忍び込ませた中指を曲げて、指先に軽く力を入れた。

男性用ブリーフに較べると小さなパンティだが、手の甲はほとんどがパンティのフロント内に消えていた。

「ママのココ……すごく、ねっとりしてるね」

あえて、そんなことを口にしてみる。優斗に女性経験はないが、女性が羞恥を覚えそうなことぐらいはわかる。

「それは、ローションよっ……」

義母は拗《す》ねたような口調で言い、プイと顔を逸らせた。まるで年下の女の子を、からかっているような錯覚を覚えた。

中指の先に全神経を集中させ、ほとんど息もとめていた。中指だけを大きく曲げ、義母の膣口にゆっくり侵入させていく。

「ママのアソコ、ウニュウニュしてる……指だけなのに、すごく気持ちいい」

指に性感などないのに興奮してしまう。やわらかいのに圧が大きいという、これまで経験のない感触が一番長い指を包んでいた。

(これで、チ×ポなんて入れたら……)

情報としては知っていても、あらためてセックスとは気持ちいいものなのだろうと想像する。

義母はゆっくりと目を開き、じつに悲しそうな顔で言う。

「優斗君……だめよ、それ以上したら、ママ……」

ここまで手を誘導したのは誰だよ、と内心でちょっとツッコみつつ、

「それ以上したら、どうなるの、ママ?」

余裕などないのに、できるだけ平静な声で訊いてみた。そのあいだも、義母の性器をクチュクチュする指の動きをとめない。

「ママ、おかしな気分になりそう……マッサージはもう充分よ。ありがとう」

ゆるゆると義母の両手で、パンティから指を引きずり出された。ごく弱い力だった

が、有無を言わせない空気があった。

義母の視線が優斗の顔から下に落ちた。つられて顔を下に向けると、義母はまっすぐ優斗のパンツを見ていた。

わかりやすくテントを張ったボクサーブリーフは、頂点に五百円玉ほどの滲みをつくっていた。

「優斗君、これ……ローションが飛んだのじゃないわよね?」

子供を優しく叱るような口調で、義母は言った。

「ごめんなさいね。ママの恥ずかしいところを見て、こんなになっちゃったのね?」

義母はゆっくりと上半身を起こした。義母を起こさせまいとするように、背中からローションが透明な糸を大量に引いた。どこかダークファンタジー映画のようだったが、起き上がってくるのはエルフではなく、三十八歳の半裸の熟女なのだ。

「あっ」と声をあげ、義母は慌てて背中に両手を回した。ブラジャーのホックが外れたままだったので、カップが前に外れそうになったのだ。一瞬だがライトブラウンの乳輪の一部が見えた。

(今夜は抜きネタが多すぎるよ……)

義母は「うふふ」と笑いながら、大きくテントを張っている優斗のブリーフの正面に対峙した。

「優斗君、パンツ……脱いじゃおうか？」

静かな浴室でないと聞き取れないほど、小さな声で言った。

そのまま優斗の返事を待たず、ゆっくりと両手をパンツの腰ゴムにかけた。

信じられないことに、一瞬へっぴり腰になり、パンツをずらそうとする義母の手を拒むように手を重ねた。

「どうしたの……恥ずかしいの？」

義母はさらに優しい声で、小首をかしげて訊いてきた。

「うん……」

「うふふ、私はママよ。あなたがさっき言ったじゃない。ここには私たち二人だけしかいないの。恥ずかしがることはないのよ」

うっとりするような高い声で、噛んで含むようにゆっくりと義母は言った。

優斗は義母から手を離し、へっぴり腰を前に戻した。

義母は口を閉じたまま笑みを浮かべ、優斗のパンツをずらしていった。

ゴムで弾みがつき、勃起ペニスはブルンッと勢いよく振り上がった。

「まあ！　こんなに大きくして……」

かすれるような高くて小さな声だった。

パンツは足首まで下ろされ、片脚ずつ抜いた。ローションまみれだが、いちおうパンティとブラジャーを身につけている義母に対し、自分は全裸になったのだ。

「いけないことなのよ？　母親に、こんなにオチ×チンを大きくするなんて、とっても破廉恥なことなんだから……」

責める文言なのに、口調はどこまでも優しく、なによりも目を細めて満面に笑みを浮かべていた。

「はうっ……ママ！」

悲鳴に似た短い言葉が漏れた。両手で包み込むように、義母がペニスに触れてきたのだ。

「でも、恥ずかしいことだけれど、ママね、すごくうれしいの。だって、ママのことを、こんなに好きなんだってことだもの……そうよね？」

義母は目を大きく開いて見上げた。優斗はカクカクと首を縦に振るだけだった。

「ああ、すてき……こんな立派な男の子が、私の息子だなんて……」

合掌するように両手でペニスを挟んだまま、まるでペニスに囁《ささや》きかけるように義母は言った。

（ママ、やっぱり変わってる。宇宙人だよ……）

硬くなった男子高校生の男根を見て、あらためて自分の息子になったことを喜んでいる。どう考えても歪んでいると思う。

（でも、きれいだし優しいからいいけど……）

義母は優斗を見上げたまま、数秒目を合わせた。そのあいだペニスの軸棒をかすかに触れる程度に撫でていた。じれったい快感が、じわじわと下半身を伝わってくる。

「優斗君……出したい？」

やはり優斗は首を縦に振り、「うん」とつぶやいた。そこに異論はない。しようのない子ね、というじつに母親らしい笑みが浮かんだ。

「優斗君、今日は宿題はまだよね？」

「えっと、うん……まだ」

このタイミングで、なぜそんな質問が出るのか。

「うふふ、出してすっきりしたら、宿題に集中するって、ママに約束できる？」

そうきたのか。一瞬だけ苦笑いが漏れそうになった。

「うん。しっかり勉強する。だから……」

だから、「ママのやわらかい手で早くこすって」と心の中でつぶやいた。

知り合って三カ月ほどの美女に手コキされる予感に、次第に息が荒くなっていた。

「うふふ、仕方ないわね。でもママが悪いのよね。しっかり責任を取って、お勉強してもらわないといけないものね……」

責任を取ってという言葉に、ペニスはピクリと反応した。

そのままペニスをこすってくれるのかと思ったが、そうではなかった。

両手で握り、頬ずりを始めたのだ。

「ああ、可愛らしい……なんて熱いの、この子ったら……」

この子という言葉は優斗ではなく、あきらかにペニスに向けられていた。

(ママ、ほっぺたまでムッチリしてる……チ×ポでもそれを感じる)

見おろすと、義母の頬が濡れ光っていた。ローションではなく、優斗のペニスから漏れ出たカウパー液がついていたのだ。

(え、ママ、もしかして前触れ汁を顔に塗ってる?)

よく見ると、ペニスの先から滲みでているカウパー液を、義母は両方のほっぺたになすりつけていた。

優斗の視線に気づいた義母が言う。

「うふふ、優斗君のこのお汁、美肌効果ありそう」

この淫らすぎる異次元のリアクションが宇宙人だ。

(ああ、ママのほっぺた、チ×ポで往復ビンタしたい！)

性的な加虐趣味はないが、ふとそんな衝動に駆られた。

雅美は再びペニスを両手のひらで挟み、優斗を見上げる。美しい人だと最初から思っていたが、こんなに妖しい笑い方もできるのかとちょっと驚いた。

「でも、このこと……お父さんには、ナイショよ？」

浴室に二人しかいないのに、義母はかすれるような高い小さな声で、音節を区切りながらゆっくりと言った。そして細い人差し指を、ちょっとだけ口の前で立てた。

「うん……ママと僕だけの、お墓まで持っていく秘密だね」

義母は回答に満足したのか、口を閉じて笑った。そうして赤い舌を小さく出し、唇を軽く一周した。

(えっ？　ママ、ええっ!?)

両手で手コキしてフィニッシュだと思っていたのに、それは違った。

勃起して上を向いていたペニスを両手で水平にし、真正面から向き合った。

そしてそのまま口をOの字に開け、まっすぐ呑み込んでいったのだ。

(フェ、フェラチオしてくれてる！　ママが僕のチ×ポを、口に入れてる！)

ＡＶでしか見たことがなく、そんなプレイがあることを知ったのも中学に入ったころの数年前だ。子供心に、怖ろしい変態プレイだと思ったものだ。

（ママが、お口いっぱいに僕のチ×ポを咥《くわ》えてる！　こんなつらそうな顔して、僕のために……）

感じる気持ちのよさとは別に、義母の気持ちがうれしかった。義母の妖しい言葉に暗示にかかったわけではないが、義母との絆がずっと深まるような気がした。

「ああ、おいしい……それに、とっても硬い！　やっぱり十代ね……」

ジュルッと音を鳴らし、義母は一度口からペニスを出した。

「うふふ、見て、優斗君。お口とオチ×チン、糸が引いてるわ。ローションじゃないわよ。優斗君のお汁と、ママの唾液が混ざってるの。すごくすてきだと思わない？」

口とペニスをつなぐ透明な細い糸は、時間をかけて切れた。

「やけどしそうに熱い……ああ、可愛すぎて、ママ泣いちゃいそう！」

義母はペニスの軸棒を、ハーモニカを吹くように横から舐めた。

熱い、硬い、十代。義母の言葉が、心のどこかに引っかかった。

（父さんと較べてるのかな？　それとも、前の旦那さんとか……）

自分の男根は、義母の中で何位ぐらいの地位を占めているのだろう？

ペニスを思いっきり横に向け、義母は歯を立ててカプッと甘噛みした。

「うふ、トウモロコシみたい。このまま食べちゃいたいぐらいだわ」

逆手にした手のひらで、そっと玉袋を持ち上げた。そのままサワサワとこすってくる。くすぐったさと紙一重の絶妙な快感に、鳥肌が下半身から広がっていった。お椀にした手のひらで、ジャストフィットの力で玉袋を包んだ。手のひらの温かさが、じんわりと股間から伝わってきた。

「優斗君とママは、親子になったのよね?」

小さく出した舌で軸棒をチロチロ舐めながら、義母はそんなことを言った。

「そうだね。もしかしたら、世界一仲よしの親子かもしれないね。こんなことまでし合えるんだから……」

優斗もあえて、そんな言い方をしてみる。

「ママは優斗君のもの、優斗君はママのもの。そうよね?」

「うん」

「だから、優斗君のオチ×チンも、ママのもの。それで間違いないわよね?」

それを言いたかったのか。ペニスが受ける強い刺激に耐えつつ、また失笑が漏れそうになった。

「そうだよ。僕のチ×ポで遊んでいいのは、ママだけだよ！」

義母が喜びそうな答え方をしてみる。

「うふふふ、うれしいわ、優斗君。たくさん、たくさん遊ばせてね」

これから、何度も何度もフェラチオをしてくれる、という意味でいいのか？

義母はまた、ペニスを真正面から呑み込んだ。優斗は「うっ」と声を漏らす。

だが咥えている唇の力はゆるかった。そのまま口からペニスを出し入れしたが、軽くて速いものだった。優斗へのサービスというより、文字どおり遊んでいるようだ。

でも充分に唾液で潤っているので、それだけでも気持ちよかった。

「ほら、オチ×チン、真っ赤になっちゃった。うふふ、怒ってるみたい」

義母は細くて白い手でペニスを起こし、優斗の腹にくっつけた。そうして舌を大きく出して、裏筋を舐め上げた。

「あああっ……ママッ、それ、すごく気持ちいい！」

思わずうろたえたような声が出てしまった。義母は返事もせずに、優斗の腹とペニスに最大限顔を近づけて、しばらく舐めつづけた。

（第一印象はすごく上品そうだったのに、ママ、こんなことするんだ……）

炎天下で水にありついた犬の姿を連想してしまった。

（父さんにも当然、こんなことしてるんだろうな……）

　ふとそんなことを思い、すぐに頭から消した。

　裏筋の舐め上げで、ペニスは痛みを覚えるほど勃起していた。通常のオナニーなら、とっくにフィニッシュしているところだ。

「ママ、あの、そろそろ……」

　射精したいと露骨に口にするのは、はばかられた。

「んふ」と笑いながら、義母はペニスから顔を離した。

「すごいわ。手を離したら、オチ×チン、お腹にくっつきそう」

　義母は両手で大切に包むようにペニスを握り、優斗に微笑みかけた。

「優斗君……ママの息子になってくれて、ありがとう」

　これがフィニッシュに向けたサインだと、ピンときた。

「僕のほうこそ、ありがとう……こんなすてきな人がお母さんで、すごくうれしい」

「優斗君の想い、ママ、お口で受けとめてあげるわ……」

　スローモーションのようにゆっくりと義母は大きく口を開け、ペニスを呑み込んだ。

　最初から、挟んでいる唇の圧が違った。

（舌で下から押さえつけられてる……）

自分のダジャレには気づかず、ペニスが受ける刺激に集中した。義母は舌に力を込め、裏筋にもヌメッた圧力を与えていた。

そうしてペニス全体に負荷をかけたまま、義母はゆっくりと顔を前後にストロークさせた。

「ああっ！　ママッ……いいっ、チ×ポ、すごく気持ちいいっ！」

尿道さえもつぶされそうな圧力なのに、息の詰まるような圧迫感がない。どこもヌメヌメとしているので、文字どおり母に抱かれているような癒し感があった。

(自分でやるオナニーと、ぜんぜん違う！)

手首のスナップを利《き》かせたオナニーとは、ペニスの受ける感触はまったく別ものだった。重厚で迫力があり、逆説的だが上品さがあった。

(ママのお口、フェラチオするためにあるみたい……)

聞いたらさすがに怒りそうな発想が頭に浮かんだ。

(ママのお口、僕のチ×ポ専用だよ……もう父さんなんかに使っちゃイヤだ！)

そんな考えすら、頭に浮かんでしまう。

「あうっ！　あぁっ……ママッ！」

義母が軽く歯を立ててきた。むろんワザとだろう。カリカリと軸棒をこそげる感触がたまらなかった。ペニスは一気に射精体勢に入った。

「ママッ！　もうすぐ、出そう……」

口に出すと、我ながら情けない声だった。母親の陰に隠れる子供の声のようだ。

母はペニスのストロークをとめないまま、一瞬だけ優斗を見上げた。

「んああっ！　ああっ！　ママッ！　あああああっ！」

義母は上下の歯を立てて、ペニスを口でこすった。唾液のヌメリを最大限に活かし、前歯で軸棒全体に強い刺激を与えてきたのだ。

顔の往復運動は最速になった。義母の上品な黒髪も、一拍遅れて前後に揺れている。

無意識に義母の動きにシンクロさせるように、自分の腰も前後させていた。ときおり喉をついてしまうのか、義母は「んぐっ」と短い喉声《のどごえ》をあげた。

「ママッ、出るっ……あああっ！」

双方が激しく身体を揺らしたまま、優斗は義母の口中に射精した。

そのとき優斗は、義母を見ずに目を強く閉じ、斜め上を向いていた。十回近い吐精を終えてから、ようやく夢から醒《さ》めたように視線を落とした。

義母はペニスをまだ咥えたまま、片手で軸棒を強く握っていた。

（ママ、全部絞り出そうとしてくれてるんだ……）

やがて義母は、ゆっくりとペニスを口から出していった。楕円体の亀頭が口から出るとき、優斗はドキュメンタリーで見たウミガメの産卵を思い出した。

「ママ、ありがとう……すごく気持ちよかった。こんなの初めてだ……」

義母も顔を上げたが、口を閉じて黙っていた。

しばらくすると、口をゆっくりと開き、義母はそっと舌を出した。そこには白い精液が残っていた。また口を閉じると、うつむいた。

んく、んく、という喉音がした。

もう一度義母が顔を上げ、口を開けると、そこに精液は残っていなかった。

「ママ、飲んでくれたの？　僕の……」

「うふふ、受けとめる、って言ったでしょう……」

呆然と立ったままの優斗に微笑みかけ、義母は立ち上がった。

「すっきりした、優斗君？」

「うん、すごく……最高だった」

義母は満足そうに微笑むと、シャワーのコックをひねった。床のローションを流していく。

「無色透明だけど、滑ると危ないから、しっかり流さないといけないの」

経験者らしい発言だったが、誰とやったのかはさすがに訊けない。

「ママ、身体も流さないと」

白いパンティとブラジャー姿で立ち上がった義母の全身から、透明なローションがゆっくりと垂れていた。なかなかエロくてシュールな光景だった。近寄って抱きつきたい衝動に駆られた。

「大丈夫よ。自分でやるから。優斗君のパンツ、先に脱衣籠に入れておきなさい」

やんわりと断られた。そういえば、自分はほとんど濡れていない。手と足がローションでネバネバするぐらいだ。

義母は小首をかしげて優しく笑う。

「気持ちを切り替えて宿題を先になさい。ママは部屋で少し休んでから、お夕食の準備をするから」

「うん、わかった。大好きだよ、ママ」

優斗はそう言い残し浴室を出たが、大満足と不完全燃焼が入り混じった妙な感覚だった。大きく息をつくと、言われたとおり気持ちを切り替え、宿題をしに自室に向かった。

（大変なことをしてしまったわ……）

床をシャワーで流しながら、雅美の心にゆっくりと不安が忍び寄っていた。自分の考えが人と変わっているらしいことは、経験的に学んでいる。しかし義理の息子とあんな行為をしたことには、非常に問題があるという自覚はあった。

マッサージというたてまえだったが、お母さんの肩を小さな息子がトントン叩くというイメージとは次元が異なっている。

（まあいいわ……明日になればあの人が出張から帰ってくる。そうなれば、普通の三人家族として生活できるのよ。お父さんの目があれば、優斗君もおかしな考えは起こさないでしょう……）

だが、引っ越し前ほど亭主の帰宅を待ちわびていない自分にも気づいた……。

シャワーをとめ、フックにかけた。身体はまだローションでヌルヌルのままだ。白いブラジャーもパンティも、ケーキにコーティングしたシュガーアイシングのように光っている。特にパンティの中は、垂れてきたローションがたまって、性器周辺がタプンタプンとしていた。

下に向けた手のひらで、性器をそっと押さえた。溜まっていた透明なローションが、パンティのフロントから時間をかけて溢《あふ》れてきた。

（あん……優斗君の精液みたい）

口元に笑いを浮かべたあと、大きくため息をついた。自分の吐息が、濃厚な精液の匂いだと気づく。

（私も……このままじゃ収まらない。あなたのせいよ、優斗君……）

シャワーを流さず、ローションまみれの自分自身を抱いた。

（そうよ、こんなふうに、ママを抱きたかったのよね）

なぜさせてあげなかったのだろうと、いまさらながら思う。

（親子の節度って思ったけど、あそこまでしたら、もうあんまり意味がないかも……）

身体の火照《ほて》りで、息が荒くなっていた。浴室で一人になると、もう収まらなくなっていたのだ。

この浴室でローションを使って派手なオナニーをしようかと思ったが、興味深いアイテムがあることを思い出した。

シャワーで全身を流し、濡れたパンティとブラジャーを脱ぐ。

脱衣場で身体を拭いたあと、新しいパンティは穿かずに、バスタオルだけを巻いた。

脱衣籠に無造作に置かれた優斗のボクサーブリーフを手にすると、廊下に出た。

長湯をしたわけでもないのに、全身から湯気がでていた。

（こんなことするの、初めて……）

自室に入り扉を閉めると、優斗のブリーフを見おろして長い息をついた。

ずっと昔の記憶がふとよみがえった。まだ恥毛も生えていない小学生のころ、自分の部屋で、初めて目的を持って性器をいじったときだった。あのとき、自分一人しかいないのに、ひどく緊張していたのを覚えている。

バスタオルを落とし、全裸になった。

そうして、いつもパンティを穿くように、優斗のブリーフを穿いてみた。

（ずいぶん大きいのね。そんなにデカパンに見えないのに、穿きやすいわ……）

ブリーフを腰まで上げた。想像以上の収まりのよさだ。自分のパンティよりはるかに大きいのに、驚くほどしっくりくる穿き心地だった。

そのまま、数歩だけ歩いてみた。思ったほどの違和感はない。

（お尻がちょっとだけ窮屈かしら？　女の人ほどお尻のスペースがないのね）

そして、前側の小用のための窓口を見て、含み笑いが漏れた。

そこだけ、スペースが余っているのだ。

（私が穿いても、オチ×チンがないから余っちゃうのね……）

腰ゴムから手を入れた。そして、小用の穴から人差し指を出してみた。

（うふふふ、小さなオチ×チン、生えちゃった）

自分自身のバカさ加減に、腹筋が揺れるほどの笑いが出た。こんな三十八歳が、ほかにいるだろうか。

そういえば、と思い出す。優斗はブリーフとトランクスを半々ぐらい持っていた。

（うふふ、今度、トランクスも試してみようかしら？）

もっと危険で、魅惑的なアイデアがひらめいた。

（そうだわ！　私のパンティと優斗君のパンツ、交換というのはどう？）

毎朝、自分と優斗が下着を脱ぎ交換して、雅美は優斗のブリーフを穿き、優斗は雅美のパンティを穿いて学校に行く……。我ながら変態的な発想だ。だが、優斗もたぶん拒まないだろうという妙な確信があった。

（そうよ……変態的な絆で結ばれた愛なら、間違いなく本物の愛だわ）

おかしいと自覚しつつ開き直る。それこそ本物の宇宙人にも背を向けられそうな、倒錯的発想だ。

優斗のブリーフだけを穿いたまま、ベッドに横になった。

窓の外を見るとまだ薄明るい。どこかで、下校中の小学生の楽しそうな高い声が聞こえてくる。まだ目に慣れない、新しい部屋の天井を見ながら思う。

（こんな時間にこんなことしてる母親なんて、私ぐらいでしょうね……）

義理の息子は、別の部屋で宿題をしているというのに。

（そうだわ、明日の朝には、これを片付けておかなくちゃ）

ベッドの中に入れておいたバイブレーターを出す。

逆手に持ってスイッチを入れた。人工のペニスは怒ったようにうねりだす。

男子が小用を足す穴から、そっとバイブの先を入れた。

「ああんっ！　ああっ……ゆっ、優斗君っ！」

ペニスが出てくるはずの小穴に、偽《いつわ》りのペニスが外から入り込んでいるさまは、ひどくシュールだった。優斗に犯されているような、女性になった優斗を犯しているような、気持ちの整理がつかない快感が下半身から伝わってくる。

バイブをほとんど膣内に入れ、雅美は自分自身がもたらしている官能に、顎を出して必死に耐えていた。ブリーフの小穴からは、バイブの五分の一ほどと、そこから伸びるコードが出ている。

（あんっ、あはっ……これ、いいわ。パンツ穿いたままでも、こんなことができるのね。私も自分専用の、男性用ブリーフを買っちゃおうかしら？）

一瞬だが本気で考えた。そしてすぐに、毎朝交換すればいいだけだと気づく。膣の最奥まで挿入したバイブは、現実のペニスではありえないうねりと振動で、三十八歳の肉体に強い刺激を与えた。

バイブの根元を持ち、そこにセルフピストン運動を加えてみた。

(ああぁっ……優斗君が、怒ってるみたい)

優斗のブリーフは、溢れ出る恥蜜でフロントがベチョベチョに濡れていた。男性のカウパー液では、ここまで漏れ出ることはないだろう。

(優斗君、ゆうと、くんっ! ダメよっ、親子でこんなこと、してはいけないのっ!)

興奮した優斗に無理やり責められている情景を想像し、夕暮れの熟女オナニーはクライマックスに向かった。

バイブを最奥まで挿入したまま、目盛りを「強」にした。慣れた性具なので見なくても扱いはわかっている。そうして、両脚をピタリとそろえ、ふとももから足先まで力を入れた。

(ああっ……仕方ないわねっ! ママと、したいのねっ! いいわっ、ママの中に、出しなさいっ!)

優斗への強い占有欲を伴《ともな》いながら、絶頂へと向かった。

（ママだけを見るのよっ！　由美さんによそ見しちゃダメっ！　優斗君は、ママだけのものなんだからっ！）

浴室でフェラチオした、優斗の若いペニスを生々しく思い出しながら、雅美は頂点に達した。

「優斗君っ、私だけの、大事な息子っ！　来るのよっ、ああっ、あああっ！」

最後は無意識に声が出てしまった。

久しぶりに心地よいオナニーができたというのに、言いようのない不安と自虐感が頭を占めていた。

理由のひとつは、自慰の最中に現在の亭主が一度も思い浮かばなかったことだ。

もうひとつは、これからも迫ってくるかもしれない優斗を、母親らしく叱り、牽制《けんせい》する自信がまったくなくなったことだ。

（どうなっちゃうのかしら？　優斗君と、間違いが起こるようなことがあったら……）

夜は亭主と普通に夫婦として性行為をしながら、チャンスを見つけて優斗とセックスする……。そんなことが、あっていいものか。

(こんな大切な問題こそ、うちの人と相談したいものだわ……)

もちろん、亭主こそこの世で一番、この問題を知られてはいけない人間なのだ。

(でも、もし優斗君とするようなことがあったら……最初の一回目は思い出になるような場所でしたいわ。そう、新婚旅行のような……)

避けねばならない状況の楽しい展開を想像してしまい、さらに自己嫌悪に陥《おちい》った。

新しい家で一日半優斗と過ごしただけだが、亭主がいるという立場を忘れそうになってしまう。優斗の言葉で暗示にかけられたように、義母と息子の二人の生活が始まったような錯覚を覚えていた。

(ああ……うちの人に早く帰ってきてほしいのか、もっとゆっくり出張してほしいのか、わからなくなるわ……)

そして、雅美の無責任で楽しい夢想は、亭主の帰宅する翌日に急に現実的なプランとなったのだ。

第三章　背徳の秘湯母子淫姦

「こりゃすごいな！　立派な家になったじゃないか！」

開口一番、父はうれしそうに叫んだ。

優斗が下校後、三十分ほどして、父が出張から帰宅したのだ。

「手伝えなくてホントにすまん！　急な出張だったもんでな」

「うふふ、優斗君と協力して、なんとか人心地つきましたわ」

「父さんの部屋だけ、段ボールがそのままだよ。触っちゃいけないと思って」

父は返事もせず、半開きにした口のまま、うれしそうに各部屋を覗いて回った。

「しかし、調度品が同じだから、前の家の面影は消えんな」

ふと父は素の顔に戻り、それから優斗のようなイタズラっぽい笑みを浮かべた。

「うまく言えんが、家全体に雅美と優斗の法則ができ上がってるな。なんだか、二人の家に俺がお邪魔してるみたいだ」

これはうれしいことを言ってくれる。

「法則って？」

「家具とか調度品の配置、二日間の生活の跡とかさ。俺がいなくても生活できてる感じがして、なんだか居心地が悪い」

「ヘンなことおっしゃらないでください。あなたの家なんですよ。お父さん」

「僕とママの家にようこそ！　父さん」

フォローする義母と茶化す優斗は、こっそりと目を合わせて笑った。

「兄さんがそんな扱いなら、私は玄関から上がることもできないわ」

父と前後して、遊びに来た由美がそんなことを言った。

ゆるふわのブラウスと、だぶついたベスト、下は濃紺の膝丈スカートだった。

ダイニングに集まり、雅美がコーヒーとお菓子を用意した。手伝おうとする由美を、雅美はやんわりと座らせる。

「二日間、二人家族で平和に過ごしてたのに、いきなり四人家族になったみたい」

「あら、私も勘定《かんじょう》に入れてくれるわけ、優斗？」

「由美さんは我が家のセミレギュラーだから」

一瞬、義母は皮肉を言ったのかと思ったが、そうではないと思いなおす。天然の義母は遠回しな皮肉など口にしないし、できるはずがない。

「俺にとって、一番気の置けない三人だからな。将来はこの三人に看取られたいよ」

「まあ、縁起でもないこと、おっしゃらないでください」

「そうだ、待ってくれ。雅美と優斗に急ぎの確認があるんだ」

くたびれたカッターシャツのままの父が、忙しなく仕事のカバンを開いた。自分たちに、なんの確認があるというのか。

「これだ。急ですまんが、雅美と優斗、明日から一泊の旅行に行けんか？　明日は土曜だろ。どうだ？」

父以外の三人は、目を丸くした。

「会社の福利厚生のアンケートに、よく見ずに『希望』に丸をしていたら、抽選で温泉旅行が当たったらしい」

「そんなの、引っ越しの前に言っといてよ」

「そうですよ。いまから準備なんて……」

「すまん！　引っ越しでつい忘れてたんだ。でもいまから準備したら大丈夫だろ。身の回りの品を用意するだけだ。なにもモスクワやストックホルムへ行けって言ってるわけじゃない。電車で二時間のささやかな温泉旅行だよ」

「父さんは？」

「俺は仕事があるから無理だ。もう二人分のチケットと宿泊券を受け取ったんだよ」

「引っ越し直後に一泊旅行なんて、落ち着かないわね」

由美はニヤニヤと笑ってから、「おみやげよろしくね！」と笑みを浮かべた。

あらためて家族三人での生活どころではなく、雅美と優斗は慌ただしく一泊旅行の準備に取りかかった。


「ママと旅行なんて、なんだか夢みたいだよ」

勇気を出して正直な心情を吐露《とろ》したのに、義母は目を閉じていた。

電車のボックスシートの窓側に腰かけた義母は、窓枠に肘を載せて静かに眠っていた。これまでの疲れが出たのだろう。

（ママって、横顔もきれいだ……）

鼻の形、唇の立体感、顎から喉にかけてのラインなどは、モデルのように美しかった。シャープなアクセントを描いているのに、鋭角的なところはどこにもない。

（寝てるのに、膝はちゃんと閉じてる。やっぱり家の中じゃないからだな）

白い軽そうなプルオーバーに、おそろいの白のフレアスカート、ライトブラウンのカーディガンを羽織っており、全体的にふんわりと白い装《よそお》いだ。脚は閉じているがスカートが軽そうなので、指で簡単につまめそうだ。

電車は比較的に空いていた。混む時間帯でない正午前なのと、温泉地は少し時節が外れていたためだ。

徐々に窓の外は高いビルがなくなり、人家も少なくなって、ゆっくりと緑が広がっていた。

(このきれいなママに、僕はフェラチオしてもらったんだ……)

童貞らしい優越感が心に広がる。

(ママ、ちょっとだけ胸に触っても起きないかな?)

そっと手のひらを義母の胸に向けた。

静かに息が荒くなり、心臓がドキドキした。擁護《ようご》するわけではないが、痴漢の気持ちが少しわかるような気がした。

乳房を持ち上げるように、下乳にそっと触れ、かすかに力を入れた。

義母は起きない。薄いプルオーバーの下に、ブラジャーのレーシーな意匠のザラザラ感があった。

強く揉み込みたいところだったが、義母が起きては元も子もない。

思いきって、フレアスカートの裾をつまんだ。あっけないほど軽く持ち上がる。ベージュのストッキングに包まれた、形のいい白いふとももの大半が見えた。

（パンティが見えなくても、これだけでオナニーできるよ……）

ふと思いつき、スマホを取り出した。撮影音で気づかれたら仕方がない。義母は強くは怒らないだろう。

急いで、スカートのめくれ上がったふとももを撮影した。

もう少しスカートをめくると、ライトグリーンのパンティが見えた。小さな逆三角もズームにして写す。

（血はつながらなくても、母親のパンチラを撮影する息子なんて……日本中で僕だけだろうな）

卑屈感と優越感が混じった、奇妙な感覚だった。

義母が小さく息をつき、少し動いた。優斗はさほど慌てず、スカートを戻した。

「……もう着いたの？」

「まだだよ、ママ。ゆっくり寝てていいよ」

義母はなんとなく周囲を見ながら、小さく含み笑いした。

「なんか夢を見てたわ。あなたのお父さんと新婚旅行に行く夢。お互い再婚同士だからそんな話は出なかったけど、やっぱり未練があったのかしら」

「だから代わりに、僕と旅行に行ってるじゃないか」

「そうよね。きっとママ、昨日から新婚旅行みたいなつもりでいたんだわ。だからあんな夢を見たのね」

しゃあしゃあと言うと、義母は優斗の手にそっと自分の手を重ねてきた。そのまま優斗の手の甲をゆっくりとさすってくる。

「えっと、ママ……」

「二人で新しいお家に引っ越して、二人だけで旅行に行く。うふふ、ホントに新婚さんと同じね……」

では新婚旅行の夜にすることまで同じなのか。ドキドキしたがさすがに訊けない。

鄙《ひな》びた駅を降りたのは、自分たち二人だけだった。旅情はたっぷりだ。

「シーズンオフだから貸し切りに近いだろうって、お父さん言ってたわね」

父にもらった色褪せたチラシとスマホの地図アプリで、旅館の場所を確認する。

「ちょっと歩くみたいだね。ママ、疲れてるなら、タクシーを使う?」

「ううん。ゆっくり旅の気分を味わいたいわ」

県道を逸れ、土塊《つちくれ》がむき出しの平坦な道になった。道幅があるので左右の木立《こだち》に圧迫感はない。駅前から人通りは少なかったが、前後にまったく人影が見えなくなった。

「静かね……空気も澄《す》んでるし」

ときおり遠くで鳥の鳴き声が聞こえ、それが妙に寂寥《せきりょう》感をあおった。

「優斗君ぐらいの男の子なら、母親と旅行なんて、嫌がるものだと思ってたわ」

どこまで本気なのか、義母はそんなことを言った。

「僕はうれしいよ、すごく……こんなきれいなママと、いっしょなんだもの」

性的なニュアンスをあまり込めないよう、慎重に答えた。

「まあ、おじょうずだこと……うふふ」

優斗は並んで歩きながら、少しずつ義母に近づいていった。

そうして、白いフレアスカートに包まれた義母のお尻にそっと触れた。

「あら、なにをするの」

義母が真っ先にしたのは、後ろを振り返ることだった。

「誰かに見られたら……」

決して、お尻に触れていること自体は責めていない。

「大丈夫。さっきから、前にも後ろにも誰もいないよ」

「ちゃんと確かめたうえでの行動なのね？」

「そう……完全犯罪」

お尻の丸みが、手のひらにやわらかく伝わってきた。パンティに押さえられて扁平《へんぺい》になっていない。フレアスカートも薄く、パンティラインまでわかった。

「こないだ、パンティの中に手を入れて、直接お尻をマッサージしたね？」

「優斗君、やめなさい。こんなところで……」

では、室内だったらいいということか？　落ち着かないのは事実らしく、義母に嫌われたくないので、素直にお尻から手を離した。

小道を進むうち、広間に出た。ビニールシートを敷いて休憩ぐらいはできそうだ。旅館に向かう旅行者や、地元の散歩者のためのスペースだろう。

太い切り株がいくつかあった。ちょうど椅子代わりにできそうな高さで、そういう意図で用意されたものかもしれない。

「ねえママ、ちょっと座って休憩しない？」

「え？　べつに疲れてなんか……」

「ここで、ママの写真を撮りたいんだ」

突然の提案に戸惑う義母の背中を軽く押しつつ、切り株に向かった。

「そこに座ってみて。撮るよ」

義母の真正面で五メートルほど離れてスマホを向けた。戸惑ったままの義母は、なんとか笑みを浮かべてくれた。

実は写真ではなく、動画で撮っていた。

義母はそっとお尻を押さえ、切り株に腰かけた。膝はきっちりと閉じている。

優斗は左右と前後を見渡し、人影がないのを確認すると、

「ママ、言うと怒られそうなお願いがあるんだけど……」

「怒るかどうかは聞いてから考えるわ。言ってごらんなさい……」

「ママのパンチラ写真を撮りたいんだ。切り株に片方の踵をかけて、スカートの中がしっかり見えるようにして」

一気にそこまで言った。ちょっと予想していたのか、義母はさほど驚かなかった。

「ママの答えはこうよ。『こらー』」

「……ダメ?」

優斗がやったように、義母は左右と前後を見た。

「仕方がないわ。恥ずかしいけど、優斗君の頼み、聞いてあげる……」

控えめな含み笑いを浮かべ、子供のわがままを聞く母親の口調で言った。

片脚をゆっくりと上げ、靴の踵を切り株にかけた。

「ママ、もうちょっとだけ、脚を開いてみて。十二センチほど、外側に……」

「もう、いやらしいんだから……なにが十二センチよ」

恥ずかしいのは本当らしい。斜め下に視線を落としたままだが。切り株にひっかけている靴を外にずらしてくれた。

「ママ、パンティ丸見えだよ……」

「恥ずかしい……困った息子」

そう言いながらも、義母は少し笑っていた。

ベージュのストッキング越しに、ライトグリーンのパンティが見える。

動画をズームにしてみた。片脚を上げているため、クロッチの横線と左右の股繰りで描くHの字に、斜めの線が走っている。

(ママのオマ×コ、パンティとストッキングを押し上げて、もっこりしてる……ああ、アソコに顔をうずめたい!)

ズームを戻すと、義母は立てた膝に両手と顎を載せ、スマホに向かって笑っていた。

ネットで見たことがある、昭和のビニ本の表紙のようだ。

「ありがとう、ママ。とってもエッチな写真が撮れたよ!」

ほんの少しだけ、義母は意外そうな顔をした。もういいの？　という表情だ。

「ママ、次は立って……自分でスカートをめくってくれないかな？」

「もう、いい加減になさい。誰か来たらどうするのよ……」

息子を諭《さと》すような口調は失敗していた。一瞬浮かべた、「そうきたのね」という笑みを見逃さなかったのだ。

優斗は来た道を数メートル走って戻り、ワザとらしく左右を見た。早足で、もといた場所に戻る。

「大丈夫。誰もいないよ。ここから半径二百メートル以内には、僕たちしかいないよ。部屋の中にいるのも同じだよ」

「なにを力説してるのよ……」

「さあママ、人が来る前に済ませちゃおうよ！」

急かすように言い、スマホをかまえた。

義母はやはり顔を斜め下に向け、仕方なさそうにスカートの裾をつまんだ。そうしてゆっくりと持ち上げていく。膝が露《あらわ》になり、ベージュのストッキングに包まれたふともが、次第に太くなっていく。

「ママ、恥ずかしそうな顔もすごくきれいだよ。その調子でもっと上げていって」

義母の眉は困ったようにハの字になり、眼差《まなざ》しは恥ずかしそうに下を向いている。そして口元には、かすかに照れくさそうな笑みが浮かんでいた。

(見えた……ママのパンティ)

下着ローションプレイを経験していても、興奮は小さくなかった。

薄緑の逆三角は大きくなり、パンティの全容が見えた。ただし、見られる面積を少しでも小さくしようとしてか、膝を重ねたX脚の形になっている。

「ママ、脚を開いてみて。肩幅ぐらいに……」

細かい注文を付けてみる。義母は黙って言うとおりにしてくれた。

腰を突き出すようにパンティを見せ、対照的に顎は引き、もっと下を向こうとしていた。

優斗はスマホをかまえたまま、義母に近づいていった。

義母の股間の前でしゃがみ込み接写する。

「優斗君、ダメ、近づきすぎよ……」

几帳面というのか、義母は責めるような口調なのに、スカートは大胆にめくったままで、撮影されるがままになっている。

優斗は義母の後ろに回った。スマホの動画撮影をとめ、ポケットに入れた。

そして後ろからゆっくりと義母を抱きしめた。

「ああん、なにするのよ……」

「ママ、大好きだよ……」

ちょっと驚いたことに、へっぴり腰になって優斗から逃れようとしているのに、つまんだスカートの裾は手から離れなかった。

「ママ、こないだ、ここを触らせてくれたよね……」

「あんっ、ダメッ……」

パンティとストッキングの上から、義母の股間に触れた。

「ダメよ、こんなところで……手を離しなさい！」

「父さんが帰ってきたら、チャンスが減ると思ったのに、こんな旅行をプレゼントしてくれるなんて……すごくうれしかったんだ」

「ダメ……もう少し待てないの？　いつ人が通るかもわからないのに……」

義母は困ったように早口で言ったが、口を滑らせたにしては挑発的な文言が混じっている。

優斗は触れていた義母の股間から手を離した。スカートの裾も戻してやる。

「ごめん、ママ。僕もう、一秒も待てなくて……」

「旅館に急ぎましょう。早く温泉に入りたいわ。優斗君といっしょにいたら、ヘンに緊張しちゃうわ……」

微妙な憎まれ口を利いてから、義母は元の道に戻った。

「前薗雅美さんと、息子の優斗さんね。お待ちしてました」

旅館に着くと、女将《おかみ》らしいおばさんが手続きに出てきた。

「前薗部長さんの奥様と息子さんですね。きれいな奥さんと息子さんでうらやましいですわ。お部屋はこちらです」

田舎の温泉だが、さほど鄙びた印象はなく、どこも手が込んでいた。

女将に案内される途中、義母は優斗にこっそり耳打ちした。

「ここ、お父さんの会社の御用達《ごようたし》なんだって。うちの会社で持ってるようなもんだって、お父さんが言ってらしたわ」

案内された部屋は畳敷きの十二畳ほどで、大きなガラスドアから露天風呂が煙っているのが見えた。

女将は館内と食事の説明をひと通り終えた。

「会社にお勤めの方じゃなくて、そのご家族の方へ福利厚生って、すてきですわね。奥様と娘さんというのは何組かいらっしゃいましたが、奥様と息子さんというのは初めてです」

なにか勘繰《かんぐ》られたのかと思ったが、むろん考えすぎだ。

「さすがにお母さんの背中を流すのは難しいお年頃ね。交替でゆっくり温泉を利用してくださいね。二十四時間使えますから」

女将は深々とお辞儀をして部屋を辞去《じきょ》した。

「ママ、お願いがあるんだ……」

ゆっくりと義母に近づこうとしたが、義母は予想外にキツイ目をしていた。

「優斗君、ママ、ちょっと怒ってるの」

「え、怒ってる？」

「遠慮がなさすぎるわ。親しき仲にも礼儀ありよ。ママはあなたのオモチャじゃないの。母親よ」

「………」

この状況でそんなことを言われ、優斗の頭は軽くエラーを起こしていた。

「家の中で少しぐらいのイタズラならともかく、外であんなことを……」

エッチで天然で美人の義母だが、露出プレイの性癖だけはないということか？

「ママ、あのときどれだけ恥ずかしくて怖かったか……」

怒ったふりをしているだけだと、優斗は直感的に気づいた。怒りの表情がさまにな
っておらず、ときおり口元がゆるんでいる。作り笑いの逆の、作り怒りだ。

しかし、ここは殊勝《しゅしょう》な態度をとっておこうと思った。

「ごめんなさい……つい調子に乗っちゃって。でも、僕……」

「黙りなさい。あなたにはお仕置きが必要だわ！」

「お仕置き？」

これはまたベタな言葉が出た。危うく優斗のほうが失笑しそうになる。

「服を脱ぎなさい」

義母は怖い顔のまま言う。優斗は懸命に反省しているふうを装った。

「え……裸になるの？」

世にも情けない顔で訊いた。

「そう。素っ裸になるの。できないっていうの？」

「わかったよ……」

来ていた服を、義母の真正面で脱いでいく。上下を脱ぎ、靴下も取り、ブリーフ一
枚になった。腰ゴムに手をかけ、義母を見てためらってみせる。

「これも……脱ぐの？」

ブリーフを下ろし、すべて脱ぎ去った。驚きでペニスは小さくなり、下を向いている。

「早くしなさい！」

「どう、気分は？」

「恥ずかしいよ……」

母親に強制され、股間をじっと見つめられていると思うと、たしかに恥ずかしい。

「うふふ、次はね……これを穿いてもらうわ」

義母は持ってきた旅行鞄を開けた。そして肌着の入っている小袋から、なんと女性用のパンティを取り出した。

「それを、僕が穿くの……？」

「質問は聞かないわ。早く穿きなさい！」

「あの、それじゃ……」

優斗はちょっとだけ大きめの声を出した。

「なんなの？」

「それなら……ママのいま穿いてるパンティを、穿きたい……」

義母は固まっている。さあ、どう出るか？

雅美の頭はエラーを起こした。まさかそんなリクエストをしてくるとは。

旅館に来る途中、いいように痴漢行為をしてきた息子に、ちょっと仕返しをしてやろうと思ったのだが、脱線はすぐに起こったらしい。

ここは、義理の息子のおかしな性癖を叱責《しっせき》すべきだろうか。

「わかったわ……向こうを向いてなさい」

優斗は残念そうに、しぶしぶ回れ右をした。

雅美はカーディガンを脱ぎ、スカートを落とした。自分はいったいなにをしてるんだろう。そんな思いとともに、ストッキングもするすると脱いでいく。

(きっと耳を澄ませてるわ。こっちを見たいんでしょうね……)

白いプルオーバーも脱いだ。パンティとおそろいの薄緑色のブラジャーだけを残し、パンティに手をかけた。脱いだパンティを見て、ふと思う。

(どう考えても、優斗君には小さいと思うけど……)

自分が優斗のボクサーブリーフを穿いた時のことを思い出す。

「さあ、ヘンタイ優斗君、脱いだわよ。あ、こっちを向いちゃダメ!」

半回転しそうになった優斗が、慌てて向きを戻す。

「自分で穿く？　それともママが穿かせてあげようか？」

屈辱を与えようとするS女と、面倒見のいい母親の口調が混ざってしまった。

「ママに……穿かせてほしい」

予想はしていたのでさほど驚かないが、大仰《おおぎょう》にため息をついてみる。

優斗の足の横で、両手の指を使ってパンティの腰ゴムを四角く拡げた。

「ほら、片脚ずつ入れなさい！」

幼児のパンツトレーニングとは、こんな感じだろうかと思ってしまう。正面からやってやりたい気持ちもあったが、自分が下半身むき出し状態なので後ろからだ。

（男の子の足って大きいのね。踵が引っかかる……）

優斗は大柄ではないのに、パンティの穴に脚を通すとき、踵から先のパーツがひどく大きく見えた。

パンティが両脚をくぐると、少しずつ上げていった。これがまたやりにくい。優斗は毛深いほうでもないのに、やはりすね毛が引っかかるのだ。

なんとか優斗の尻を包んだが、前を見て驚いた。

（オチ×チン、大きくなってる。さっき脱いだときは、小さかったのに……）

腰ゴムを大きく拡げ、女性にはない塊《かたまり》を無理やり包み込んだ。

「うふふ、どう？　女物の下着を身につける気分は」

立ち上がり、ちょっとしてやったりの口調で言う。

「まだあったかい……ママのパンティ、ホカホカだ」

情けない声で、斜め上の答えが返ってきた。失笑で腹筋が揺れてしまった。

「まあ、ホントにヘンタイさんね。それ、女性用の下着なのよ」

「ママのパンティだから……」

ちょっとうれしくなってしまい、今度は自分が情けなくなった。

優斗に後ろから抱きつくように肩を抱き、前を見おろした。

「オチ×チン、こんなに大きくしちゃって。パンティからはみ出てるじゃない」

「でもこれ、穿きやすいほうだよ」

ニュアンスが引っかかった。

「どういうこと？　ほかのと比較したみたいに聞こえたわよ？　ママのパンティ、穿いたことでもあるの？」

しまった、という沈黙。数秒後に優斗は、イタズラを責められた子供のような口調で告白した。

「うん……ごめんなさい。ママのパンティ、引っ越しの夜に一度だけ穿いてみたんだ」

嫌悪感を抱くのが正しいのだろうが、なぜか喜びが滲みでてしまう。自分もかなりの「ヘンタイさん」なのだろうか。

「それで……どんな気持ちだったの？」

「うれしかった……なんだか、ママとひとつになれたみたいで」

愛おしさがこみあげ、後ろから強く抱きついた。

「ママ、裸なの？　ああ、あったかい……えっ、ブラジャーしてる？」

息子は背中に、全神経を集中させているようだ。

「息子にお仕置きをするのに、私が裸になる必要があるの？」

「………」

息子のわき腹から両手を前に回した。そのまま手のひらを股間に向ける。

「収まりが悪いわね。オチ×チン、パンティの中に入れなさい」

パンティの腰ゴムをつまみ上げ、少々強引にペニスを収納した。

「あうっ！　ママ……」

「うふふ、オチ×チン、窮屈そう……」

手のひらをお椀にし、丸くふくらんだパンティのフロントを包んだ。

「なんだか不思議だな……ママのパンティを穿いて、ママの手でチ×ポに触られてるなんて」

「不思議なのはこっちよ。ヘンタイ息子……」

数カ月前に購入し、見慣れて穿き慣れた自分のパンティが、ペニスのもっこりで歪《いびつ》にふくらんでいる。

(まるで私にオチ×チンが生えて、オナニーしてるみたい……)

バイブとは趣《おもむき》の異なる、初めての自慰感覚だった。

「ママ、そんなにこすったら、またチ×ポがパンティから出ちゃうよ……」

雅美はパンティの上から、ペニスを小刻みにしごきあげた。

「優斗君、これはお仕置きだと言ったでしょう」

「えっ?」

「来る途中、切り株のところで、ママにこんなことしようとしてたでしょう」

「うん……」

「自分があそこで、こんなことされてるところを想像してごらんなさい」

義理の息子は黙り込んだ。真面目に想像しているのか。

「ホントだ……すごく恥ずかしい」

「しかもママは女性よ。あんなところを人に見られたらどうなると思うの？」

「ご、ごめんなさい……」

息子を責めるあいだも、パンティの上からペニスをこする手をゆるめない。

「ママがどんなに恥ずかしかったか、思い知りなさい！」

後ろから回した手で、パンティの薄い繊維の上からペニスを激しくこすった。

(男の人のモノをこすったことはあるけど、これは初めてね……男の人は、どっちのほうが気持ちいいのかしら？)

先日も、優斗の父に前戯としてこすってあげたのを思い出す。いまはその実子のペニスを、自身のパンティ越しにこすっているのだ……。

「まあ……パンティの中で、オチ×チン、どんどん硬くなってるわ！　もしかして、母親にこんなことされて、気持ちよくなってるの？」

蔑《さげす》むような、ちょっと意地悪な口調で言った。

「うん、ごめん、ママ……すごく気持ちいい。でもこれ、罰なんだよね？」

義理の息子も、レスポンスに困っている。

ナイロンパンティの繊維を、カリカリと高い音を立てて上下にこすった。雅美は爪は伸ばしていない。

ペニスは硬く長くなり、切っ先がやはりパンティの腰ゴムからはみ出ていた。ときおり、アクセントに軸棒を強くつまんでやる。

「ママッ、これ、僕、もうすぐ、出ちゃう！」

優斗は切れ切れに悲愴《ひそう》な声をあげた。責める義母が後ろにいるので、へっぴり腰にさえなれないのだ。

「お仕置きだって言ったでしょう。我慢なさい！　ママのパンティを汚したら、許さないわよ！」

厳しい声を後ろから飛ばす。

手コキの経験はあっても、自分のパンティなので、強い違和感は消えない。ペニスの生えた自分が、男性のようにマスターベーションをしている錯覚がまた思い浮かぶ。

「だめだよ、ママ、これ、ホントに出ちゃう……」

膝が崩れそうになるのを、後ろから自分の胸で支えてやった。

(立ちながら射精って、やっぱり身体の力が抜けるのかしら？)

ついそんなことを考えてしまう。

パンティの腰ゴムを掴み、無理やり勃起ペニスを収めた。パンティ越しの手コキを最速にした。

「ああっ、ママッ、出るっ！　あああっ！」

顔を横から突き出し、射精の瞬間を見つめた。

パンティのフロントに、いきなり白く丸い玉が滲み、勢いよく一部が飛び出した。

熱い精液は、慌てて出した手のひらにかかった。

あとからあとから出てくる精液を、パンティのフロントに手のひらで擦りつけた。

温めたハチミツをべっとり塗りつけたような、気持ちいいのか悪いのかわからない感触が、ふくらんだパンティを通じて手のひらに伝わってくる。

手のひらにかかった精液は、優斗にバレないように、舌でそっと舐め上げた。

「ママのパンティ、汚しちゃったわね。許さないって言ったのに……」

「…………」

「このパンティ、どうしろって言うの？　洗濯してまたママに穿けって言うの」

「そうしてくれたら、うれしいけど……」

申し訳なさそうな口調で、義理の息子はそんなことを言った。

もう怒ったフリをする気にもなれなかった。

「そうだわ、さっきあなた、私に何か言おうとしてたわね？」

ふと思い出し、こする手をとめた。

「ああ……でも、いいんだ」

お願いがある、とか言っていた。怒られている最中に言いにくいのか。

「言ってごらんなさい。もっと怒るかもしれないけど」

「……ママと、キスしたいって、言おうとしたんだ」

じゅわっと、股間が滲むのを感じた。愛液を吸ってくれるパンティは穿いていないので、内股をすり合わせた。

「呆れた息子ね……母親になにを求めてるのかしら。もう怒るのも疲れちゃった」

またワザとらしくため息をつき、「うふふ」と声に出して笑った。

そうして背中に手を回し、唯一身につけていたブラジャーを外した。

「優斗君、こっちを向いて」

優斗は一拍ののち、恐るおそる振り向いた。そして、ただ目を見開いていた。

「来なさい！　このおバカ息子」

「ママ、すごくきれいだ……」

全裸で立つ義母を前に、優斗はかすれた声を出した。

美しい顔が細い首に乗っている。丸みを帯びた肩は着衣から想像するよりもずっと小さかった。そして、その美しい乳房。子供を産んでいないからか、乳輪は小さく色も浅い。なのに、指をいっぱいに拡げても溢れるかと思うほど大きい。

三十八歳とは思えないほどウェストはくびれ、下腹のたるみもない。

そして三十八歳らしく、腕やふとももは逆にプニプニとほどよく脂肪が乗っている。

股間には、控えめな逆三角の恥毛が生えていた。自分が穿いているパンティは、さっきまでここを包んでいたのだ。

義母は艶っぽい紅い口元に微笑みを浮かべ、小首をかしげてそっと両手を拡げてきた。もう怒っていないらしい。いや、怒ったフリをしているだけなのは、なんとなくわかっていた。

吸い寄せられるように優斗は歩み寄り、義母を抱いた。

「ああ、ママ……思ってたより、ずっと小さい」

「まあ、なにを思ってたのかしら……」

「引っ越しの日から、僕の頭の中で、ママは服なんか着てないよ」

「怖い子！　うふふふ」

「ああああ、ママ、大好き、大好き、大好き……」

「冷たいわ……」

「えっ？」

「お股が、冷たいの。優斗君の穿いてるパンティに付いた精液で……」

優斗は二人の身体のあいだから見おろした。勃起でふくらんだパンティが、義母の性器に触れ、恥毛の一部を濡らしている。

「ヘンだね。ママはノーパンで、僕がママのパンティ穿いてるなんて……」

「ねえ、旅行の帰りは、下着を交換しない？　ママが優斗君のブリーフを穿いて、優斗君はパンティを穿くの」

それは、魅力的で変態なアイデアだと思った。

「でも、ママにはすてきなパンティを穿いててほしいな」

「あら、意外。お気に召《め》すかと思ったのに」

「僕はパンティ穿いてるけど、精液で濡れてるから、こうしたら……」

「あん、なにをするの？」

優斗はペニスでふくらみ、精液で濡れたパンティを、義母の性器に押しつけた。

「僕の精液、ママのアソコに入っちゃうね」

「ホントに怖いこと言うんだから……でも優斗君、ママとなにかしたかったんじゃないの？」

優斗はパッと顔を上げた。至近距離で目が合う。

キスしてくれるの、と口に出して問う暇もなかった。二人はゆっくりと顔を寄せ、唇を重ねた。

（やっぱりママの唇、すごくやわらかい！　えっ、ママ!?）

風呂上がりなど、義母の唇は朱《しゅ》を差していないときでも艶やかな赤みを帯《お》びている。予想どおりというか、グミキャンディのようにやわらかかった。

だがじっくり味わう前に、ゆっくり開いた口から義母の舌が優斗の口中に侵入してきたのだ。

義母の舌は瑞々《みずみず》しい唾液に満ち、優斗の口を優しく蹂躙《じゅうりん》してきた。

優斗も自分の舌で応戦する。まるで舌に性感帯があるかのように、強い官能が全身を襲ってきた。

キスを解き、ゆっくりと顔を離すと、義母はこれだけの近距離でないと聞き取れないほど小さい声で囁いた。

「キスは、初めて？」

「うん……」

「義理の母親なんかで……こんなおばさんで、よかったの？」

「ママでなきゃだめだ！」

言い終えた直後、義母はまた唇を重ねた。ぶつけるような短いキスだった。

「優斗君、あなたの口から言ってみて……したいのは、キスだけ？」

ゴクリと喉を鳴らした。言っても拒絶されないような口調だった。

「ママと……セ、セックス、したい」

ものの数秒間、義母は返事をしなかった。回答はわかっているはずなのに。

「私は義理の母よ……あなたとは文字どおり、親子ほど歳が離れてるの。もう一度訊くけど、大切な初体験が、こんなおばさんでもいいの？」

「ママでなきゃだめだ！」

優斗は繰り返した。

「この前まで、同級生ぐらいのカノジョがほしいと思ってたけど……外を歩いてても、あのオバサンとか、あのお姉さんより、僕のママのほうがずっときれいだって思っちゃうんだ。みんな、年上なんだよ……」

「あらら、私、優斗君の女性観を変えちゃったのね」

クスリと笑うと、義母は優斗の手を取り、そっと自分の股間に導いた。

（ママのオマ×コ、ふっくらしてる……エッチな毛が濡れてるけど、僕の精液だけかな？　もしかして、ママの中からも滲み出てるんじゃ……）

　浴室マッサージのときはローションで紛《まぎ》らわしかったが、いまは自分自身の精液と義母の蜜液の区別がつきにくい。

「私のココに、優斗君のオチ×チンが入る……それっていけないことなのよ？　生々しい話になっちゃうけど、ホントはあなたのお父さんの専用なんだから」

「………………」

　そこは若干の罪の意識はあった。だが裸体の義母の前で、良心はすぼんでいく。

「正直、ネット動画とか、エッチな本で見たことはあるんだけど……」

「え？」

「僕、ヘンな話だけど、ホントのお母さんとお風呂に入った記憶もないんだ。女の人のアソコ……本物を見たことないんだよ」

　義母は腹筋をちょっと揺らして笑った。

「じゃあ、仕方ないわね……恥ずかしいけど、ママのココを見て、お勉強なさい」

　義母はゆっくりと抱擁《ほうよう》を解き、片手で乳房を隠すようにして、畳の上にしゃがみ込んだ。一度上品に女座りをしてから、膝を立てた三角座りになる。

「さあ、じっくりごらんなさい。ママの、オマ×コ……」

義母が口にした卑語は、「オマン」としか聞き取れなかった。ただ、最後の「コ」は、口の形がOの字になったのでわかった。

両手で膝を持つ三角座りから、ゆっくりと脚を拡げていった。

優斗はスライディング土下座の要領《ようりょう》で、義母の股間に低くしゃがみ込んだ。

「ママのオマ×コ……やっぱりこんななんだ。ネット動画と同じだ！」

頭の上で、クスリと義母の笑い声が聞こえた。

「まあ、イケナイものを観てるのね……よくごらんなさい。これが本物の女の人の、オマ×コよ」

見上げると、義母は少し顔を逸らし、まったく意外なことに頬を赤らめていた。

「ママ……恥ずかしいの？」

「初めて見る人に、こんなに興味津々《しんしん》に覗かれたら恥ずかしいわよ……」

ライトブラウンの小陰唇がいくぶんはみ出し、上のほうにはクリトリスの包みがあって、やや複雑な造形だった。大陰唇を薄く覆う恥毛は、黒い炎のようだ。縦線のすぐ下にあるであろう肛門は、この姿勢では見えそうで見えない。

「ママ、オマ×コの奥、もっと見てみたい……」

義母は黙って両肘を張り、両手でVサインをつくって、陰唇を左右に開いた。

「ここがおしっこの穴、その下が……ほら、アソコの穴よ」

濃ピンクの内奥は、透明な蜜で潤っていた。義母の細い指が示すアソコの穴に顔を寄せた。

「触ってみてもいい？」

返事を待たず、優斗は指を膣穴に向けた。指先が膣蜜に満たされ、やわらかい肉の深い穴に簡単に入り込みそうだ。

「あん……いきなり奥まで突っ込んじゃ、ダメよ」

第一関節まで膣に入れ、軽く前後させてみた。ローションプレイのときも近いことをさせてくれたが、直近で見られる分、臨場感が違った。

「うふ、うふふ、優斗君の鼻息がかかって、くすぐったいわ」

たっぷりの透明な膣蜜が、畳の上に垂れそうになった。

優斗は思わず顔を寄せ、ジュルッと吸い込んだ。

「ああんっ！　急に舐めちゃダメ。びっくりするじゃない」

「ママのエッチなお汁、垂らしたらもったいないよ！」

「うふふ、畳を汚しちゃいけないってことじゃないのね……ああんっ！」

優斗は不自然な姿勢のまま、義母の性器に口をつけ淫蜜を啜った。

ジュルッ、ぴちゃ、ぴちゃ、チュウ、チュウ……。耳を塞《ふさ》ぎたくなる淫靡な音を清《せい》楚《そ》な和室に響かせた。

「あんんっ……なんだか、ワンちゃんに舐められてるみたい」

「……あのときのワンちゃんと僕、どっちがじょうず？」

「それは、いい勝負だわね……」

精一杯の軽口を叩いたのに、義母はさすがの余裕を見せた。

「前にも言ったけど、ママのここから、産まれたかった」

義母はたしなめない代わりに、ドン引きもせずに言う。

「でも、入ってくることは、できるわ……」

かすれるような小さな声が、静謐《せいひつ》な室内の空気をいやらしく震わせた。

「優斗君、仰向けに寝て……」

切れぎれにゆっくりと義母は言い、身を起こした。優斗は言われたとおりにする。

「うふ、うふふふ」

義母は笑い出した。手にはいつの間にかスマホを持っていた。

「これ、ちょっと撮影させてもらうわね」

精液で濡れた義母のパンティを穿いている優斗の腰に、突然スマホを向けた。

「え、ちょっ……やめてよ、ママ！」

「だーめ。優斗君がどんなにヘンタイさんか、残しておきたいの。大丈夫よ、誰にも見せないから……」

女性器を舐め、勃起の先は再びパンティからはみ出していた。これを撮影されているのか？

「うふ、文句は言わせないわよ。優斗君だって、外でママのパンチラを撮ったじゃない」

「………」

それを言われたら逆らえない。義母は数枚の写真を撮った。

「じゃあこれ、そろそろ脱いじゃおうか？」

義母は幼児のワンタッチ紙おむつを替えるように、両手を腰ゴムに当てて脱がしていった。

「ホントに不思議。私のパンティなのに、脱がしたらこんなに大きなオチ×チンがあるなんて……うふふ」

パンティを脱がすと、義母は優斗を見つめつつ、ふとももを振り上げて跨いできた。

「優斗君、人生最初のセックス、ママに任せてくれる？」

覆いかぶさってきた義母は、やはり「る」だけ小首をかしげ、トーンを上げた。

なんとなく気圧《けお》され、優斗は仰向けに寝たまま、カクカクと首を縦に振った。

「あうっ！　ママッ……」

優斗を真上から見つめたまま、義母がペニスを摑んだのだ。予期していなかったので、情けない声が出た。

「いい？　挿れるわよ……」

これも聞き取れたのは「いい？」だけだった。あとは口の形で判断した。

（ああっ……ママにっ、ママのオマ×コに、入ってるっ！）

優斗は歯を食いしばり、顎をのけぞらせていた。亀頭がやわらかい圧に包まれ、続いて長い勃起全体が、義母のしなやかな指に導かれ、温かい穴に送り込まれていく。

（オマ×コの中って、こんなにヌルヌルなんだ。チ×ポのぜんぶが気持ちいい……）

ほどなく、ペニス全体が膣穴に入った。優斗の陰毛と義母の恥毛が触れ合ってわかったのだ。

「優斗君、入ったわ……私たち、つながってるのよ」

優斗はゆっくりと目を開き、すぐ真上の義母を見つめた。

「ごめん……僕たち、法律上の親子なのに、こんなことさせて」

「謝らなくていいの……私たちは、愛し合う罪人《つみびと》同士なのよ」

大げさな言葉だが、状況は正確に表している。

「愛してるわ……優斗」

「お義母さん……」

義母は顔をゆっくり落としてきた。二人は少し顔を斜めにして唇を重ねた。

(上と下、どっちもくっついてる。僕とママ、ホントにひとつになってるんだ……)

エッチな動画などで知識として知っていても、こんなに深い感動があることは知らなかった。

「うふふ、ママね、普段、優斗君にママって呼ばれると、すごく萌えるの。でも、こんなときにママとかお義母さんとか言われると、燃えちゃうの。違いがわかる？」

「わかる……」

法律上の近親相姦であり、夫を裏切っている行為に、背徳的な性欲が満たされるという意味だろう。

「僕、どうだったんだろう……」

「え？」

「もしホントのお母さんが生きてて、ママみたいにきれいな人だったら、こんなヘンな気持ちになったのかな……ママは、どう？」

「わからないわ……私は子供を持ったことがないし。でも、優斗君みたいなすてきな息子がいたら、大きくなったら手をつないでお買い物ぐらいは行きたいと思ったかもね。嫌がるかもしれないけど。うふふ」

「僕は嫌がったりしないよ」

ちょっとムキなっていってしまい、恥ずかしくなった。

義母の豊かな乳房は、重力で不思議な釣鐘《つりがね》形になっていた。下向きの頂点に、濃ピンクの乳首がスイッチのようにぶら下がっている。

両手のひらで、下からおっぱいを持ち上げた。

「ママのおっぱい、僕の手よりも大きい……」

「うふふ、この姿勢だと、おっぱいが重くてつらいの。うれしいわ」

義母に挿入している勃起ペニスに、少し力を入れてみた。

「あんっ……いま動かしたでしょう？」

義母は目を閉じ、同時に少しずつ腰を前後に動かしはじめた。

「ママのオマ×コ、途中でちょっと狭くなってて……気持ちいい！」

膣道は途中で瓢簞《ひょうたん》のようなくぼみがあり、ペニスが前後するときにいやらしく軸棒をこそげた。

「うふ、ヤキモチ妬かないでほしいんだけど、それ、お父さんも喜んでたわ」

「…………」

義母はゆっくりとペニスの往復運動を速く、そして激しくしていった。

（ママのお腹の中、あったかい……）

適度に脂肪の乗った義母の腹部が、むき出しの下半身に心地よかった。

丸みを帯びた義母の裸体が、自分の上でクネクネと悩ましく動く。

優斗自身はまったく動いていない。そろえた足先まで無駄に力を込め、直立不動ではなく、直寝不動の姿勢で固まっていた。

義母は上半身を起こし、両手のひらを優斗の腹に置いた。

優斗は少し顔を上げて、二人の性器の結合部を見た。

ペニスの形に拡げられた陰唇は、見ていて痛々しいほどだった。

「どう、優斗君のオチ×チン、すっかり入ってるでしょう？」

「うん……ていうか、ママのオマ×コ、こんなふうに開くんだ。痛くないの？」

「とっても、とっても、いい気持ちよ……」

優斗は初めて、気持ちいいのは自分だけでないことに気づいた。義母は目も口も薄く開け、保護者らしい笑みを浮かべるのも難しそうな表情になっている。

「エッチな動画で見たことあるんでしょう？」

「どれもモザイクがあったから……」

義母はクスッと笑うと、さらに上半身を起こし、背筋を伸ばした。そのまま上下にゆっくりと身体を動かす。

「こうすると、オチ×チンが、まっすぐ下から突き刺さってるのがわかるわ」

義母は薄く目を閉じ、口元にだけ笑みを残していた。

（オナニーと速さが違うけど、こっちのほうが気持ちいい……）

右手でペニスをせわしなくこするオナニーとは、まったく別の刺激だった。

「優斗君、手が遊んでるわよ」

優斗は両手を差し伸ばし、義母のおっぱいを鷲摑みにした。

「あんっ、そう、そうよ……もっと、揉みくちゃにしていいのよ！」

重い乳房が一拍遅れて揺れるのを、優斗の手が抑えている格好だ。途端に、義母の上下運動は激しくなった。

「うふん、恥ずかしいわ。あんまり下から真面目な顔で、ママを見ないで……」

義母は両手のひらを優斗の腹に置いたまま、上半身の体重のほとんどを優斗の腰に預けた。けっこうな重さだ。それは背徳の官能の重さそのものだった。

そうして胸から上はそのままで、腰だけを石臼《うす》のようにグリグリと回した。

「ああ、いい……ママ、チ×ポが、ママの中で回ってる！」

ペニスの全方位に刺激が襲ってくる。

「ママ、僕のチ×ポ……どんな感じ？」

優斗はあいまいに訊いた。

「大きさはまだ不充分だけど、硬いの……すごく硬い。あなたのパパも三十年前はこうだったのね……三十年後、きっと優斗君もパパみたいになるのね」

天然の面目躍如《めんもくやくじょ》な回答だった。興味のある情報だったが、訊くんじゃなかったという後悔のほうが大きい。

義母はさらに上半身をのけぞらせた。仰向けに倒れてしまうのではないかという角度だ。ペニスに強い圧がかかってくる。

「ママ、これ……チ×ポの首根っこが、気持ちいい！」

首をもたげて見ると、膣の中にペニスが出入りしているのがよく見えた。軸棒は義母の膣蜜で、まるでローションを塗られたように照り光っている。

「ああんっ……私も、この姿勢が、好きなの。アソコの中が、グリグリして……」

義母は切なそうな声を漏らす。普段の上品な声質がひどく猥褻に聞こえた。

腰だけを小舟のように前後に揺らしながら、義母は器用に上半身を前に戻してきた。そうして再び、ゆっくりと優斗に重なってくる。

「さっき、パンティの中で出しちゃったけど……出せる？」

鼻がつきそうな距離で義母が訊いてきた。甘く湿った吐息が顔の周辺に漂う。

「出せる……ママの中に入ったときから、出したくて出したくて、たまらないんだ」

「うふふ、頼もしいのね……」

顔を最接近させ、上半身は胸を押しつけたまま、義母は腰の動きを最速にした。無意識に優斗も腰を上下させて、動きをシンクロさせる。

「ああっ……ああっ、熱いわっ！　金属の棒を押し込まれてるみたいっ！」

義母は激痛に耐えているような、逼迫《ひっぱく》した声をあげた。

「ママの中で、グリグリしてて……僕もっ、なんか、チ×ポが、痺れてるっ！」

優斗も顎を出し、切れぎれの声を喉から絞り出した。

「優斗君っ、いまこの瞬間だけ……私たちは夫婦なのっ！」

揺れる身体に声を割らせながら、義母がそんなことを言った。

「あなたっ、私の優斗さんっ……愛してるわっ！」

優斗は両手で義母の背中を抱いた。熱くてやわらかい肢体だ。

「あああっ、雅美っ！　雅美は僕のものだよっ、誰にも渡さないっ！」

この瞬間、射精の痙攣反射が起こった。

渾身《こんしん》の力を込めて義母の熱い背中を抱きつつ、腰だけを激しく動かした。狭い膣道で圧迫されるのをものともせず、熱い精液を射《う》ち放った。尿道まで押しつぶされているようで、放たれる精液は自分でもソリッドな塊のように感じた。

「ああっ、来てるっ！　すごく熱いっ……いっぱい、いっぱい、来てるわっ！」

義母も顎を出していた。おかげで、射精の瞬間見つめていたのは、義母の細くて白い首だった。

優斗は義母のお尻を両手で鷲摑みにし、自分に向けて押さえ込んだ。最後の一滴まで義母に注《そそ》ぎ込もうとする、ほとんど本能的な行動だった。

吐精を終えると、義母は激しく唇を重ねてきた。顔の周りが熱い湿気に包まれていた。優斗も唾液で満たした舌を絡め、義母の舌を舐めほじった。

「どうしましょう、私……優斗君の精子を受けとめてしまったわ。法律上の親子なのに……夫婦みたいなことを、してしまったわ」

優斗も義母の汗ばんだ背中を撫で回しながら言う。

「それでいいじゃない。僕たち、親子で夫婦で恋人同士で不倫カップルなんだよ」

優しそうだがあまり納得していない苦笑を浮かべ、義母はチュッと軽いキスをしてきた。そうして「抜くわよ……」と言い、ゆっくりと腰を引いていった。

「ママとこんなことになったのが、優斗君の黒歴史にならないといいけど……」

「なるもんか！　今日の日付、心の中の日記帳に付箋《ふせん》をつけて記録しとかなくちゃ」

「うれしいわ。今日はママにとっても特別な日よ……」

ふと思いつき、離れようとした義母を一瞬抱きとめた。

「あ、待って、ママ。そこの温泉に入るんだよね？」

「そうよ。もうすぐお食事の配膳があるから、ちょっと急いだほうがいいかも」

「ねえ、やってほしいことがあるんだ。さっきの精液で汚れたパンティ、穿いてほしいんだけど……」

「えっ!?」

室内露天温泉に向かおうとしていた義母は、さすがに怪訝《けげん》な顔をした。

「それを穿いて、そこの温泉で……おしっこしてほしいんだ」

美人が本気で驚いたらこんな顔になるのか、という表情だった。

「私に、パンティを穿いて……お漏らしをしろっていうの？」

「でも、パンティ穿いてたら、恥ずかしくないでしょ？」

義母は否定も肯定もしない。たっぷり五秒は過ぎただろうか。

「私も、さんざん天然とか宇宙人とか言われたけど……優斗君はそれ以上ね。私より遠い星から来てるのかな？」

義母は、仕方なさそうな笑みを浮かべた。

よしっ、と心の中で拳を握る。

「またこれを穿けっていうのね……」

義母は精液で濡れて重くなったパンティに脚を通した。当たり前だが、自分に穿かせてくれたときよりも手際がいい。

「冷たい……それに、なんだか大きくなったみたい。優斗君が穿いてゆるんだのね」

「使えないの？　もう捨てちゃうの？」

「あら、そこに食いつくの。捨てるんなら僕がほしい。そんな顔だけど？」

「当たり……って言ったら？」

「残念でした。まだママが使います。すっかりゴムが伸びたわけじゃないし。でもいいわよ、優斗君と共有でも」

「やったぁ！」

「なにがやったぁよ。このおバカ息子！」

憎まれ口を言いつつも、義母はその恰好でガラス窓を開け、室内温泉に向かった。

パンティ一枚で露天風呂に出てくれた義母は、少し肩をすくめ、両手でなんとなく胸と股間を庇《かば》うようにしていた。

（居心地悪そうなポーズまで色っぽいな）

「どうすればいいの……しゃがめばいいの？」

羞恥か、緊張か、かすかな怒りか、義母の声はヤケクソ気味に尖《とが》っていた。

「立ったまま……それと、脚をもう少し拡げてみて」

不本意そうな声だが、義母は優斗のリクエストに即座に答えてくれた。

「パンティから、ママのおしっこがこぼれてくるのを見たいんだ」

「ホントにもう……白鳥座まで届きそうなヘンタイ宇宙人ね」

義母はふと疑問に思ったように、まっすぐ優斗を見た。

「質問だけど、パンティを脱がせて、直接おしっこが出るところを見たいとは思わないの？」

「それは、また今度」

「…………」

優斗は腰を屈め、パンティの正面を斜め上から見た。

ライトグリーンのパンティは、フロントが塗りたくられた精液で滲んでいたが、そのフチは乾きはじめて黄色くなりかけていた。

(穿き心地悪いだろうなあ。精液が完全に乾いてパリパリになったほうがマシかも)

義母に対して、おかしな同情が湧いた。

「さあ、ママ、おしっこして！」

義母は「んっ……」と小さな喉声を漏らした。返事ではなく、下半身をゆるめるときに漏れた声だろう。

乾きかけた精液の滲みをかき消すように、内側から水分が溢れ出てきた。

「もう……優斗君のおバカ！」

薄黄色の熱い小水は、ほんの少しパンティの中にとどまったあと、かなりの勢いで噴出した。予想していたのとは違い、男性の排尿のように一本の線を描いて落ちていく。パンティなど、ものともしないようだ。

優斗は慌てて手のひらをかざし、下向きの熱い噴水を受けた。

「ちょっ、優斗君、汚いでしょ！　それ、おしっこよ！」

義母が腰を引きかけるが、優斗がお尻に手を当ててそれを戻す。

「大丈夫だよ。ママから出たものだもの」

あいまいな弧《こ》を描いて落ちてくる義母の小水を、お椀にした手のひらで受け、その手をそっと、義母のパンティ越しの性器に張りつけた。

「あんっ、押さえつけたら、おしっこ、出なくなるわよぉ……」

「大丈夫。強く押さえつけないよ。ああ、ママのおしっこ、すごくあったかい！」

三十八歳なのに、拗ねた子供のような口調も妙に似合っている。

パンティの周辺に、露天風呂とは違う湯気が立っていた。

優斗は溢れる温水を手で受けつつ、パンティの上から性器を上下に撫でた。

「ああん、ダメ！　ママ、おしっこしてるんだからぁ……」

義母らしくない、舌足らずで不安な物言いだ。

（ひょっとして、ママ、わざとエッチな言い方してるんじゃ……）

義母が自分で口にする「おしっこ」は、もったいぶったトーンに聞こえた。

やがて排尿はとまった。義母の白いふとももの内側に無数の水滴が付き、透明な水の線が走っていた。

「ママ、まだお風呂に浸《つ》かってないのに、下半身がビショビショだね」

「あなた……ママがどんなに恥ずかしいか、わかってるの？」

えらく本気で怒っている顔だった。

「これでママのこと、嫌いになったりしないでしょうね？」

マジ切れの声音と表情のままで、義母はそんなことを言った。

「逆だよ。もっとママのこと、好きになった。その証拠に、こんなこともできるよ」

優斗は、おしっこまみれの手のひらを顔に向け、舌を出して舐めた。

「ちょっと！　なにを舐めてるの。それ、私のおしっこ……」

「ホントだ。ちょっとしょっぱい！」

義母は手を口に当て、目を見開いていた。なんとなく義母に弄《もてあそ》ばれているような気がしていたので、ちょっとザマーミロという気分だった。

「でもなんか、ノイズがあるんだよな」

「ノイズ？」

「そうだ！　僕の精液の味も混ざってるんだ」

「…………」

義母の股間を見ると、濡れたパンティの股間から、おしっこの残滓が滴《したた》っていた。パンティの表層で乾きかけていた精液が溶けたのか、おしっこではありえない糸を引いている。あるいは義母もこっそり興奮していて、自身の恥蜜が漏れ出たのか。

「もう、このヘンタイ君、こんなことでそんなに大きくして……」

義母の視線は、まっすぐ優斗の股間を向いていた。完全勃起している。

「ママが近くにいたら、いくらでもチャージできるよ」

「怖い息子ね……」

義母は大仰にため息をついてから、ちょっと表情を変えた。

「ママね、大学一年のときに、初めて男の人と経験したの」

「…………」

「それから前の旦那さんと結婚するまで、三人の男の人と体験したわ」

おかしなタイミングでのカミングアウトだ。話の持っていき先はどこか。

「僕は六番目か七番目だと言いたいの？」

「その中でもね……年齢も含めて優斗君、あなたが一番、不思議でスリリングで恥ずかしい思いをさせてくれたわ。うふふ、初体験の不安とかドキドキ感が薄れてしまうぐらい」

そうして小首をかしげ、にっこりと笑った。

「ありがとう、ママ。僕……」

優斗はゆるゆると義母に近づこうとした。

「待って。ほんとにお食事の時間が近づいてるわ。いっしょに露天風呂に入ってたらさすがにヘンだし、汗を先に流しちゃいましょう」

「……手のひらにソープを付けて、ママの全身を洗いたかったのに」

「それは、また今度よ」

さっきの優斗の言葉を返されてしまった。

「うふふ、家に帰ったら、いくらでもチャンスはあるでしょう」

このフォローはうれしい。

優斗はかけ湯をして、そそくさと身体を洗いはじめた。

義母もパンティを脱いで身体を流した。自身のおしっこで濡れて、脱ぎにくそうだった。


「お部屋の露天風呂はいかがでした？」

最初に部屋に案内してくれた女将が、配膳をしてくれた。

「とてもよかったですわ。あとでまた入るつもりなの」

洋装しか見たことのない義母は、和風の浴衣も似合っていた。火照った顔と相まって色っぽさも増している。

「ここの南側に、男女の大露天風呂もございますよ。そちらも二十四時間です。よかったらご利用ください。奥様、お肌の色つやもよくなって、前薗部長さんもさぞお喜びになりますよ」

そう言い残して、女将は退室していった。

川魚中心の料理はおいしかった。第一印象は鄙びた旅館だったのに、いろいろとサービスは充実している。純粋に父に感謝した。

「ママがきれいになったら、父さんだけじゃなくて、僕もお喜びになるよ」

「あの女将さん、私たちのことを知ったら、びっくりするでしょうね」

「父さんにチクったりして……」

義母は身を乗り出し、声を落としながら人差し指を口の前に立てた。

「ぜったいに、誰にも知られちゃダメよ……」

そのまま小さくうなずき、シィーと短く言った。

性交の秘密を共有している感覚に、ゾクゾクと身が震えた。

(ママ、遅いな……女の人は風呂が長いって聞いたけど、ホントなんだ)

男女別の露天風呂の広い休憩室で、扇風機の風に当たりながら優斗は思った。女性の家族がいなかったので、女性の風呂は長いというのを初めて実感したのだ。

腰かけている長ベンチは籐《とう》製で、ソファのような形状になっていた。

他の宿泊客がチラホラ、同じ浴衣を着てのんびりしていたが、その数は多くはない。

旅館の奥には、ビリヤード台や卓球台、売店などがあって驚いた。湯上がりにここで少し休憩して、みんなそっちに行っていたのだ。

「お待たせ、優斗君」

うなじに手をやりながら、義母が女湯から出てきた。

顔を赤らめ、目を潤ませて満足そうな表情を浮かべている。全身からほんのりと湯気を漂わせていた。

「はい、これ」

隣に腰かけた義母に、優斗は買っておいた冷たいドリンクを差し出す。

「あら、ありがと」

たまたまだろうが、休憩室に誰もいなくなった。

「ママ、家のお風呂みたいに、裸で出てきたらよかったのに」

「うふふ、そうしようかと思ったけど、やめたの」

軽口や憎まれ口では、義母にかなわない。

優斗は尻を浮かせ、義母に近づいた。

「優斗君、ちょっと離れなさい。目立っちゃうわ」

義母はチラリと周囲を見渡し、小声で言った。

「ママ、キスさせて……」

「ダメよ、んむん……」

そっと顔を近づけ、唇を重ねた。そしてすぐに離した。短いキスだが、一瞬二人の舌先が触れ合った。

優斗は浴衣の上から義母のふとももを撫でた。義母は周辺をチラチラ見ながらも、強く拒絶はしない。

「ママ、温泉に入って、ふとももまでピンク色になってる」

優斗は義母の浴衣の裾をそっと開いた。温かそうな色に染まったふとももが露になり、息が荒くなってしまう。

「ダメよ、誰かに見られたら……」

消極的に拒む義母の細い手をやんわりと退《しりぞ》け、浴衣の裾をさらに上まで拡げた。

パンティの逆三角が見えるはずだったが、そこには見えない。

「ママ、パンティ、穿いてないの？」

ただ、薄い恥毛が見えたのだ。

「うふん、どうして穿く必要があるの？」

潤んだ瞳と赤らめた頰は、湯上がりからばかりではなさそうだった。

「ママ、部屋に戻ろうよ」

もう我慢できなかった。ゆっくりと立ち上がると、義母の手を取って立たせた。

「どうしたの？　すごく怖い顔してるわよ」

早くも、義母の軽口に付き合う余裕をなくしていた。

廊下を通るあいだ、一組の老夫婦とすれ違っただけだった。

「ホントだ！　パンティの線がない」

並んで歩きながら、優斗は浴衣の上から義母のお尻を撫でた。

「やめなさいって……電車の痴漢さんみたいじゃない」

「そうだ、今度電車でママにそんなことしたいな」

「もう、考えておくわ……」

小声で即答してくれるのが、いかにも義母らしい。

部屋の扉を開け、室内の光景を見て優斗は固まってしまった。

そこには、布団が敷いてあったのだ。

当たり前だ。和風の旅館なのだから。しかし優斗にはひどく淫靡な眺めに見えた。行ったことはないが、ラブホテルとはこんな感じだろうかと、つかの間思った。

「ああ、ママッ！」

乱暴に義母を抱いた。ふんわりとやわらかい。全裸で抱くのとは趣が違う。

そして無理やり唇を重ねた。唇を舐め回し、舌をこじ入れ、義母の舌を吸った。

「ちょっ……優斗君、落ち着い……ああんっ！」

浴衣の上から乳房を鷲掴みにして、激しく揉んだ。

次にお尻を撫で回した。浴衣の下は生のお尻なので、やはり感触が独特だ。

「ちょっと優斗君、息ができないわよ……」

片手で背中を強く抱いていた。

義母を抱いたまま、重なるようにしてゆっくり布団に倒れ込んだ。

「ああ、ママッ、ママッ！」

浴衣の腰ひもを取らず、胸元をV字に拡げた。豊かな乳房のふたつのふくらみが見え、乳首が現れる。勢いをつけて乳房に顔をうずめた。ぽむっと、音が鳴ったような気がした。唾液を満たし、乳首を前歯と舌でコリコリとほじった。

（おっぱいの先っぽ、舐めてるあいだに硬くなった！）

乳房のふくらみ自体も舐め回す。舌で押すだけで抵抗なく沈み、豊かな弾力ですぐに戻った。マシュマロみたいとは聞いていたが、なるほどと実感した。

顔をうずめながら舐めているので、すぐに自分の顔も唾液だらけになった。

片手で義母の股間を撫でた。浴衣の上からでも、女性特有のやわらかなふくらみが心地よかった。脚を閉じたりいい加減に開いたりしていたが、股間に触れた途端ふとももに力を入れ、ギュッと脚を閉じた。

「ああ、ママ、大好き……もう、ママのことしか考えられないよ！」

自分の足を器用に使い、ふとももをやや強引に開かせた。浴衣越しに性器を撫でている手に力を込める。

中指の先に意識を向け、女性の縦線らしきくぼみに力を入れた。

「ママのオマ×コ、僕のものだよ……父さんにも、使っちゃイヤだ！」

「ああん、なにを言ってるの。そんなこと……」

「僕専用のオマ×コだ。その代わり、僕のチ×ポも、ママ専用だから！」

力を加減しつつ、浴衣ごと性器に入ってしまうぐらい指先をくねらせる。

（浴衣、じんわりしてる。ママ、困ってるけど、やっぱり感じてるんだ）

「優斗君、ダメよ……ママ、おかしくなっちゃう！」

義母は首を右に左に振り、全身の関節をでたらめに動かしていた。

浴衣の上から股間をこする手を最速にした。強く押さえずに、掘削機《くっさく》のような速さで大陰唇を上下にこする。触れている浴衣の繊維は、はっきりと濡れていた。自分の手も、振れば水滴が飛ぶだろう。

義母の両脚のあいだに身体を移した。

形のいい長いふくらはぎを摑み、左右に拡げた。

白いふともも中央に、あいまいな逆三角を描く恥毛、無理やりにふとももが拡げられたため、陰唇はいくらか開き、濃ピンクの内奥を覗かせていた。

ほとんどぶつけるように、優斗は顔を義母の性器に当てた。ビチャッと、溢れた淫蜜が顔に当たって四散する。一滴は目にも飛んだ。

「ああんっ、優斗君っ！」

義母はやり場のない両手を無意味に動かし、シーツを鷲摑みにして、肩をすくめて指を咥えながら、ときおり自分の胸を揉んでいた。

開きかけた大陰唇を舌で乱暴に抉《えぐ》った。舌で殴る、とも言える激しい抉り方だ。陰唇の中庭を舌先で蹂躙し、小陰唇を唇で挟む。濡れた恥毛の湿気が、夏の草むらのような香りを伴って、顔の周囲に漂っていた。

尿道孔を舌先でつつく。

「あんっ、ダメッ、おしっこしたくなっちゃう！」

三十八歳の義母は、早口でそんなことを口にした。

舌の全部に力を込め、膣穴を深く掘った。

「ああっ、あああんっ！　優斗君の舌、お口の中の、短いオチ×チンだったのね！」

まさに、美人宇宙人らしい感想だ。

（ああ、舌がもっと長くて硬くてチ×ポみたいだったら、ママのオマ×コに顔を押しつけながらセックスできるのに……）

感化されたのか、自分もそんなシュールな発想をしてしまう。

口にまで入ってきた淫蜜を、ジュルッと飲み下すと、優斗は身体を起こした。

両膝を肩幅より拡げてしっかり上半身を起こし、義母の両膝の裏をとった。

片手で勃起ペニスを持ち、切っ先を下に向けて照準を定めた。

数センチまで拡げられた陰唇はいやらしく照り光り、見た目が新鮮な生牡蠣《なまがき》に非常によく似ていた。

「ママ、挿れるよ……」

「あん、優斗く……ああんっ！」

義母の返答を待たず、優斗は痛みを覚えるほど勃起したペニスの先を、義母の性器に挿入していった。

夕方の童貞喪失のときは義母主導だったので、自分の意思で挿入したのはこれが初めてだ。しかし狙いを外すことなく、亀頭はまっすぐ膣口に侵入していった。

途中一カ所が窪んだ瓢箪形の膣道は、豊かな膣蜜でほとんど摩擦を欠き、怖ろしいほどなめらかにペニスを受け入れた。

「ああん、硬い……優斗君のオチ×チンが、アソコの感覚でわかるわ！」

義母はつらそうに眉根を寄せたまま、口元にだけ笑みを浮かべていた。

義母は経験した七人のすべてを、膣の感覚で覚えているのだろうかと思った。異性と深く付き合ったことのない優斗に、初めて嫉妬の念が湧いた。

（僕のチ×ポで、ほかの男の人の記憶を消してやる！　父さんも……）

激しいピストン運動を始めた。鈍い怒りと官能で、歯の根を食いしばっていた。

「優斗君っ！　やめっ……激しすぎるわっ！」

義母はピストン運動で顔を前後に揺らしながら、ほとんど叫んでいた。

文字どおり目を逸らすように、顔を一方にそむけ、肩を強くすぼめ、藁《わら》をも摑むように千切れるぐらいシーツを引っ張っていた。

胸は大きくはだけ、両脚は全開になっているが、浴衣の腰ひもはきっちり結ばれたままだ。全裸とは異なる禁忌感《タブー》があった。レイプ物のAVは興味がなくて見たことがなかったが、ほんの少し気持ちがわかるような気がした。

(ママ、ホントにAV女優みたいな顔してる……)

挿入者自身がカメラを持ち、男性目線で画面を撮る、いわゆるハメ撮り動画を見ている気分だった。嬌声《きょうせい》をあげるAV女優が義母の顔をしているのが、なんだか不思議に思えた。

さらにピストン運動を速めた。ペニスが出入りするたびに途中の窪みが軸棒を強くこそげ、電気に似た刺激が走る。調整しないと、すぐに射精してしまいそうだ。

優斗はいきなりピストン運動をとめた。義母は不安そうな顔をして一瞬顔をもたげ、優斗を見た。これで終わりかという安心感ではなく、なぜやめたのかという不満がその顔に滲んでいた。

「ママ、反対向いて……」

優斗は早口で言い、義母の腰に手をやった。

義母は、自分自身はほとんど動いていないのに、ハアハアと息を荒げていた。力尽きたような義母の腰を両手で摑み、クイッとひっくり返した。

「ああんっ！　優斗君っ……」

抗議の高い声にも耳を貸さず、優斗は一瞬で三十路の肢体をうつ伏せにした。

一拍遅れて浴衣の裾が、ヒラリとお尻とふとももに落ちる。

両手で腰を摑み、お尻だけを浮かせた。

「優斗君……ずいぶん手際がいいわね。ホントに初めてなの？」

皮肉のつもりかもしれないが、ちょっとうれしかった。

「初めてだよ。エッチな動画で猛勉強したんだ」

そう言うと、義母もすぐに反応した。

「いろいろと情操《じょうそう》教育の見直しが必要みたいね……」

母親の立ち位置で言ったようだが、優斗は浴衣越しのお尻を平手で叩いた。

「こんなカッコで、なに言ってんだよ」

「あんっ！」

浴衣の腰ひもを両手に取り、お尻を自分の腰を押しつけた。すぐに浴衣をめくればいいのに、そうはしない。余裕などないのに自分を焦《じ》らしたい気持ちがあった。

「ママ、ダメだよ。浴衣をエッチなお汁で汚してるじゃないか！」

浴衣のお尻のところに、滲んだ膣蜜が小さな地図を描いていた。

「それは、優斗君が……」

黙れという意味の平手を、もう一度浴衣の上からお尻にくらわす。

「明日、女将さんがコレを見たらどう思うだろ？　僕たちのことを怪しむかな。父さんに告げ口するかもね。そうだ……僕が寝たあと、ママが一人でオナニーしてたことにすればいいんだよ」

少々義母を小馬鹿にする口調で言ってみた。

浴衣で覆ったまま、腰を強く当て、ピストン運動してみた。行き場のない勃起ペニスは、逆さ向きのハートのようなお尻の窪みで上下していた。

電車の痴漢プレイのワイドバージョン。そんな言葉が思い浮かんだ。

「さあ、神秘のベールをはがすよ」

浴衣をゆっくりと、腰ひもよりも上にめくった。

すぐに言葉が出てこなかった。年齢の割にスタイルがいいと思っていたが、この姿勢だとお尻はこんなに大きく見えるのか。

体勢のためにお尻の縦線は消え、薄く色を持った集中線がすぼまっている。お尻全体はどこまでも白く、目を細めてしまうほどだった。その下には、恥毛と淫蜜を湛《たた》えた性器が、熟れすぎて裂けた果実のように下を向いていた。

「ママぐらいの美人になると、お尻の穴まできれいなんだね……」

からかうような口調を忘れ、素の声で感想が漏れてしまった。

「もう……そんなところ、見るんじゃありません」

本能的な動きなのか、義母は、キュッとお尻を締めた。

「僕、女の人のお尻の穴って、生まれて初めて見たよ」

「恥ずかしい……」

そのまま、五秒ほどの沈黙が流れた。不安になったらしい義母が言う。

「どうしたの……なんで黙ってるの？」

「ママのお尻の穴の線、三十二本あった。年齢より少ないね……」

「もう、やめなさいってぇ……」

恥ずかしいのは本当らしい。優斗に付き合うトーンではなかった。

「ママ、いまみたいにお尻の穴、ヒクヒクさせてみてよ」

「いやよ、そんなの……見ちゃいけないの！」

義母は片手を後ろに回し、肛門を隠そうとした。不自然な姿勢で、しなやかな手はうまく肛門まで届かない。その仕草はどこか昭和の乙女のようで、可愛らしかった。

「やってくれないと僕、ママのお尻の穴、舐めちゃうよ……」

「ダメッ、そんなことをしてはダメッ！」

義母は強く肛門を引き、それから仕方なさそうに二度、肛門をヒクヒクと動かしてくれた。幼い子供が口をすぼめているようで、本来の目的を忘れてしまいそうだ。

「ありがとう、ママ。ご褒美だよ！」

そう言って優斗は、ふたつのお尻の割れ目に顔をうずめ、舌を大きく出すと、正しいLの発音をするように、肛門をベロリと舐め上げた。

「ひあああっ！」

義母は、旅館に来る途中に聞いた遠くの鳥のような声をあげた。

「どっ、どこを舐めてるの？　そんなとこ⁉」

「大丈夫だよ。お風呂できれいに洗ったんでしょ？　お尻の穴からも、石鹸の匂いしかしないよ」

「…………」

さしもの美人宇宙人も、これには抵抗があるらしい。

「だから、安心して。ママのお尻、もうひとつのオマ×コみたいなんだ。僕のチ×ポ、こっちも受け入れてくれそう」

優斗はまた舌を出し、チロチロ、ベロベロと肛門の集中線をほぐすように舐めた。

「ああっ……ああんっ！　そんっ、そんなところ、ダメッ……ダメなの！　ママ、なんだか、気持ちよくなっちゃうかも……」

不本意ながら認めるという意味か。義母は男性と密戯をするとき、心の中の声がすぐ口に出るタイプだろうか。

舌先に力を入れると、肛門がプッと割れ、入ってしまいそうになった。これ以上は危険かもしれない。

「さあ、ママのコーモンで遊ぶのも飽きたし、そろそろハメようかな……待たせてごめんね、ママ」

またお尻をペチペチと叩いた。

「あん、どうしたのよ、優斗君。イジワルな言い方ばっかり……」

完全勃起を果たしたペニスはほぼ垂直に勃ち上がり、ゆっくりと重く揺れた。

根元を持ち、水平よりやや下に向ける。

「優斗君、ぜったいにお尻なんかに入れちゃ……ああんっ！」

肛門の下でいやらしく蜜を満たせている膣穴に、亀頭を挿入していった。

「大丈夫だよ。それはまた今度……」

知識としては知っていたアナルセックスだが、さほど関心はない。童貞喪失直後には荷が重いとも言えた。

この姿勢だと、お尻の大きさに対して、ウェストがひどく細く見えた。白いバルーンが二つ、目の前に浮かんでいるようだ。

お尻の両端をがっちり摑んだ。ゆっくりとペニスを挿入させていく。

「あああ……反り返ってるのが、はっきりわかるわ……硬い！」

膣圧は強いのに、やはり潤沢な膣蜜に大いに助けられ、勃起ペニスは背筋が寒くなるほどなめらかに入っていった。

「くっ……ママの中、さっきよりもキツイ！　すごく、いい……」

姿勢のために、膣道が正常位に対して前後逆になっていて、ペニスの受ける感触も違っているのだ。それは義母も同じだった。

一度抜いて、また入れる。もったいぶってやろうかと思ったが、とても無理だ。なめらかすぎる膣壁が、刺すような甘い快感をペニスの全方位に与えてくる。

「ママのオマ×コ、最高……僕の、宝物だ！」

古くさくて滑稽《こっけい》な感想が、喉の奥から漏れた。

「お父さんじゃなくて、あなたが、ぴったりの鍵だったのね。優斗君、あなたのオチ×チンが……私のマスターキーよ！」

苦しい姿勢で声を絞りながら、じつに義母らしいレスポンスをしてくれた。

激しくピストンを続けた。亀頭まで抜き去らないよう気をつけながら、大きくペニスの出し入れをしていく。

「あんっ、あんっ、あんっ！　ゆっ、優斗君っ、いいわっ、すっ……すてきよ！」

リズムに声を割らせつつ、義母が褒めてくれる。

ほどなく、ピストン運動は最速になった。優斗の鼠蹊《そけい》部が白いお尻に当たり、平手打ちを繰り返すような、パンッ、パンッと小気味いい音を立てた。

（ホントにこんな音がするんだ）

エッチな動画でしか見たことのない音に、優斗の優越感が満たされる思いだった。

（でもこれ、けっこうシンドイんだな。ママとセックスを続けてたら、慣れるのかな……）

体育の授業があるので基礎体力は人並みにあるが、明日は腹筋が痛いかもしれない。人生において、筋肉をこんなふうに使ったことがないからだ。

「優斗君、いいわっ、とてもっ……ママのアソコ、優斗君のオチ×チンを覚えて、ねだっちゃうかも」

（ママにとって、最高のチ×ポになるんだ。父さんよりも、前の旦那さんよりも……

それに、バイブレーターよりも!)

難のある対抗意識を持ちつつ、性感は急角度をつけて高まっていった。

急速に出入りするペニスは赤らみ、膣蜜でいやらしく照り光っている。自分自身の陰毛までが濡れて光を反射していた。

「ああっ、ママッ! 出るっ、出るっ! あああっ!」

絶叫し、激しいピストンをゆるめないまま、優斗は思いの丈を義母に射ち放った。

「あああんっ! 優斗君の、熱いのが、お腹の中にっ……ああっ、あああんっ!」

横顔をシーツに押しつけ、ピストンで顔を揺らしつつ、義母も絶叫した。

すべてを打ち終えても、すぐにピストンをゆるめなかった。知らないあいだに、奥歯をギリギリと嚙みしめていた。

膣の最奥までペニスを押し込み、それからゆっくり抜いていった。

亀頭が抜け去ると、勢いよくペニスは振り上がった。軸棒は真っ赤になっている。義母もお尻も、いわゆるお仕置きを受けたように真っ赤になっていた。白いお尻の両端は、摑んでいた優斗の指の形で赤くなっていた。

腹筋の力をゆるめると、全身から力が抜けていき、優斗はどさりと義母の横に身体を横たえさせた。

なんと義母は鼻を赤くし、涙ぐんでいた。

「どうしたの？　痛かったの？　ママ」

こんなに驚いたことはない。乱暴に貫《つらぬ》いたのがいけなかったのか、それとも親に対して敬意のない言葉遣いが悪かったのか。

「ごめんね、なんでもないの。ちょっとママ、感動しちゃって……」

「感動？」

予想外の肯定的な言葉が出ると、拍子抜けして力が抜けた。

「いけないことだと頭ではわかっていても、優斗君とこんな絆が結べたことがうれしくて。こんな子が息子で、いっしょに住んでるんだと思うと……」

義母は優しい笑みを浮かべながら、懸命に嗚咽《おえつ》をこらえていた。

「………」

うれしいのだが、違和感も強い。やはり宇宙人だ。

「親子ってのが残念だね。父さんを含めて、誰にも秘密にしなきゃいけない」

「ママのことを、おバカでエッチなだけの女だと思ってるんじゃない？」

「そんなこと思うもんか。二カ月前に父さんに紹介されてから、ずっとママのことを年上の女の人として、お母さんとして、父さんの奥さんとして、フツーに尊敬してたよ。そこにいままた、新たな魅力を発見したのである！」

「なんのナレーションよ！」

義母は泣き顔で吹き出した。

「ママのこと、乱暴に扱ってごめんね。ひどい言葉遣いだったし」

「うふふ、いいのよ。優斗君の別の一面が見られて面白かったわ。そうだ、ママとお布団に入るときだけ、雅美って呼び捨てにしていいわよ」

興味深い申し出だったが、優斗はちょっと考えた。

「いま言ったけど、僕はママを母親として尊敬してるんだ。呼び捨ては抵抗があるよ。どうやっても、僕より上にいるんだから」

「あら、孝行息子ですこと」

「でも、でも……じゃあ、一回だけ、ひどい言葉を使ってもいい？　一回だけ……」

「なんなの……ああんっ！」

ふいに優斗は、義母の乳首に強く吸いついた。

「雅美、おまえは僕だけのものだっ！」

第四章　スリップに透ける叔母の秘部

義母との一泊旅行を終え、自宅が見えてきたのは翌日の夕方だった。

「まだ慣れてないや。この家を見ても、帰ってきたって感じがしないね」

「今日はお父さん、勤務の調整でお休みのはずよ。家にいらっしゃるわ」

「ママ、赤いエッチな顔して入らないでよ。父さんに勘繰られちゃう」

「優斗君だって、成田空港を降りた新婚の旦那さんみたいな顔してるじゃない」

凝った例えをして張り合っているつもりらしい。

「あら、由美さんの靴が……」

「ただいま！」と元気よく言った玄関先で、義母が三和土《たたき》を見てつぶやいた。

「え、叔母さん来てるの？」

廊下の向こうから、由美が現れた。ちょっとバツが悪そうな顔をしている。

「おかえりなさい。優斗、旅行はどうだった？」

そう言って、義母を見やる。

「すみません、義姉さんのいないときに勝手に家に上がって……」

「いいんですよ。うちの人、いるんでしょう？」

父が奥から出てきた。

「おお、すまん。上げたのは俺だ。ちょっと大事な話があるらしくてな」

なぜか言い訳がましく聞こえた。

テーブルにつくと、お土産話にいっとき花が咲いた。

「楽しそうでよかった。親子の絆が深まったようだな。前よりも仲よくなったように見えるぞ。雅美と再婚するのに一番心配だったのは、優斗のことだからな」

「そうね。なにより、なにより！」

納得顔で満足している父に、叔母の由美が混ぜっ返した。

(ごめん、ありがとう、父さん。これ以上ないぐらい絆が深まったよ。ママと男女の関係になったんだから……)

罪悪感を覚えながら優斗は思った。義母はかすかに微笑んでやり過ごしている。

父がわざとらしくこぶしを口に持っていき、軽く咳払いした。

「あの、コイツのことなんだがな、すまんが今夜ここに泊めてもいいか？」

優斗と義母を交互に見て、訊いてきた。

「すみません、義姉さん、優斗。ちょっとうちの人と揉めてて、今夜はどうしても帰りたくないんです」

ボーイッシュでワイルドな印象の叔母が、珍しく真剣な表情で頭を下げた。

「かまいませんよ。ね？　優斗君」

「いいよ。前の家より部屋は多いし。まだ充分に片付いてないとこがあるけど」

「前も言ったけど、由美さんはうちのセミレギュラーよ」

由美は深々と頭を下げた。


（ママと叔母さんが、レズビアンしてるみたい……）

自室のベッドの上には、義母の白いレースのパンティとブラジャー、そして叔母の濃オレンジのパンティとブラジャーがあった。白とオレンジのパンティを両手に取り、くしゃくしゃとひとつにまとめて、優斗はそんなことを思った。

義母と叔母がそれぞれ浴室を使ったあと、こっそり脱衣場から拝借してきたのだ。

義母はともかく、叔母は明日には帰るので、拝借リミットは今晩だけだ。

（ダメだ……叔母さんのパンティ、小さすぎる。残念だな）

叔母のオレンジのパンティを穿こうとしたが、両足首のところで断念した。やや小ぶりな叔母の体形から考えて、パンティが裂けることを懸念したのだ。なんとか穿けても、繊維が伸びてしまって気づかれてしまう怖れがある。

義母の白いパンティを穿いた。

オリモノやらなにやらで股間が微妙に濡れている。だが気持ち悪さは、そのまま気持ちよさに変換されていく。義母との一体感に安心感も加わる。

（そうだ、叔母さんのブラジャーならつけられるかな？）

だがオレンジのブラジャーを手にする前に、まず自分の両手を後ろに回してみた。バックストラップをとめられるかどうか、シミュレーションしてみたのだ。

やはり無理なようだ。

ベッドの上にブラジャーを置いたまま、最初にバックストラップをとめておいた。そうして、ランニングシャツを着るように、上から被ってみた。

（あはは、僕におっぱいができてる……）

見おろすと、自分の胸にオレンジのカップが二つ並んでいる。

乳房があるわけではないので中はスカスカだが、補正パッド仕込みなので、強くつかまなければ大丈夫だ。カップをつぶさないよう、そっと両手を被せてみた。

(僕におっぱいがあったら、オナニーもはかどりそう……)

片手で乳房を揉むフリをし、もう片手でパンティのもっこりに触れた。

壁に置いた姿見に全身を映した。

男子なのでいらないと言ったのだが、引っ越しの際に義母が買ってくれて、部屋に置くように言われていた。たしかに外出前に全身を確認できれば安心感があった。

胸には叔母のオレンジのブラジャー、そして腰には義母の白いパンティ。

(僕、ホントにプロの変態になっちゃうよ……)

肩をすくめ、胸を揉み込み、股間を撫でさする。

(ママに自慢したいけど、さすがにできないな)

おかしなことに、変態を極める行為を、義母は褒めてくれるような気がした。

突然、尿意をもよおした。我慢しながらでは典雅《てんが》なオナニーはできない。

パンティとブラジャーの上からパジャマを着た。

(この格好で夜中に父さんや叔母さんに鉢合わせたら、スリルあるだろうなあ……)

そんなことを思いながら部屋を出て、階段を静かに降りた。

一階の廊下の端にトイレがあるが、その途中に父と義母の寝室がある。

扉が少し開いていた。なんとなく足音を立てずに通り過ぎようとする。

「あん……だめ、どうしたの、今夜は、激しいわ……」

「出張に行ってたあいだも、ずっとお前のことを考えてたんだ」

子供として、これはちょっとたまらない。両親の夜の生活は子供にとってタブーのひとつだ。義理の母親とは特別の関係にあるので、そこにいわゆるＮＴＲ《ねとられ》感もある。

だが、そっと足早に通り過ぎようとしたところで、強い違和感を覚えた。

（ママの声、あんなだっけ？）

ベッドの上での義母の悩ましい声には覚えがある。それとも自分と父とで夜のキャラを変えているのだろうか。

「好きよ、兄さん。愛してるわ……」

「俺もだよ。女房が上で寝てると思うと、すごく興奮する……」

「悪い兄妹ね、私たち。んふふ……ああんっ！」

「そうだ。二重三重にな。お互い配偶者がいても、俺たち兄妹の絆は、誰にも邪魔できないってことさ……」

頭を殴られたようなショックを覚えた。

（父さんと叔母さんが、セックスしてる!?　実の兄妹で……？）

近親相姦、それも妻と息子が同じ家にいるのに。

排尿を終え、静かに階段を昇ったはずだが、あとから考えるとその辺りの記憶が飛んでいた。気がつくと、義母の部屋の前にいた。

父と義母はそれぞれ部屋を持っているが、寝室は一階のいま聞いた部屋なのだ。

「ママ……いるの？」

ごく控えめにノックし、小声で訊いた。

僅かな間のあと、ゆっくりと扉が内側から開かれた。

「どうしたの、優斗君？」

義母も小さな声で問う。やはり義母は寝室ではなく、この部屋で寝ていたのだ。まだ起きていたらしく、部屋は明るい。さほど色気のない上下パジャマ姿だったが、逆光で妙に艶っぽく見えた。

ゆっくり退く義母につられるかたちで、優斗は義母の部屋に入った。

フローリングに布団が敷かれ、臨時の寝室のようになっている。

どこから説明していいのかわからない。そもそも、言っていいことなのかどうかもわからない。

義母は布団に腰を落とし、辛抱強く優斗が口を開くのを待った。

「父さんと、叔母さんが……」

絞り出すようにして言うと、義母はかすかに手のひらを動かし、その先を制した。

「いつ、知ったの？」

「いま……トイレに行こうとして下に降りたら、扉が開いてて、声が聞こえて……」

優斗は、義母が報告を聞いても、あまり驚いていないことに気づいた。

「ママ、もしかして……知ってたの？」

「なんとなくね……あの妹さん、お父さんにべったりじゃない。今夜も、『妹の夫婦のことで相談があるらしいから、悪いけど上で寝てくれないか』って言われて、さすがにピンときたわ。私たちの寝室の隣の応接室で話をするって、とぼけてたけど」

「応接室で夜中まで話し込むから、気を遣ってママには上で寝てもらうってこと？ずいぶんバカにしてるね」

義母が受けた侮辱に、優斗はまず腹を立てた。そして義母がそれをどう思うかについて考えが及ぶと、ちょっと慌てた。

「ママ、父さんとどうなるの？」

普通なら、こんな情景を知ってしまったらまず離婚だろう。

「それは、夫婦のあいだの問題よ」

義母は能面のような、見たこともないほどの無表情で言った。

それから優斗を安心させるように、いつもの優しい笑みを浮かべた。

「大丈夫よ、優斗君。なにがあろうと、あなたを見捨てたりしないわ。私は母親よ。そこは安心なさい」

母親らしい優しさのある、力強い口調だ。

義母はそっと手のひらで布団に二度触れた。ここに来てというサインだ。

「ショックを受けてるのね。顔が真っ青よ」

「父さんと叔母さん、大好きで尊敬もしてたのに、あんなことしてるなんて……ママへの裏切り行為だよ。そもそも人として……」

「待って。それなら優斗君とママも同罪よ。あの人たちを責める資格はないわ」

「でも……」

「優斗君と私は血がつながっていない、そう言いたいの？　じゃあそれはなんなの」

義母は優斗のパジャマの胸元を手で差した。

「色の濃いブラジャーが透けてるわよ。それ、由美さんのよね？　下も由美さんのパンティを穿いてるのかしら？　実の叔母の下着でイタズラするのはかまわないっていうの？」

優斗は懸命に言い訳を探す。

「下着ぐらいなら……友だちにも、大学生の姉さんのパンティにイタズラしたっていうやつがいるし……」

「あらあら、ずいぶんな悪友をお持ちだこと」

義母はからかうように小さく笑った。

そして身を乗り出し、優斗の身体に触れて、ゆっくりと訊いてきた。

「優斗君、あなたを責めるつもりはないんだけど、正直に答えてほしいの」

「……なに？」

「父さんと叔母さんがあんなことになって、優斗君、ちょっと嫉妬してないかしら？由美さんの旦那さんは仕方ないとして、『僕の叔母さんになにしてるんだ』って」

「…………」

そうかもしれない。いや、図星だ。自分は大好きな叔母を取られて悔しいのだ。

「血縁関係の有無は別にして、道義的には、優斗君と私、父さんと由美さんがしてることは同罪なのよ。同じ穴の狢《むじな》だわ」

「僕が……父さんと叔母さんに怒るのは、筋違いだってこと？」

「そうよ。少なくとも、私たちがこんなことになったあとではね……」

「…………」

「優斗君と結ばれた温泉旅行だって、お父さんの好意で行けたのよ？」

「そうだね……僕、叔母さんにヤキモチ妬いてるんだ」

「うふふ、由美さん、可愛らしいものね。ずけずけ言うけど、どこか小悪魔的だし、男の子っぽい可愛さもあるし、なんていうか、男性の接近を許しすぎるところもあるしね」

驚いた。天然美人だが、分析は正確だ。

「僕は、これからどうすれば……」

「普通に接すればいいのよ……っていうのは難しいかな？　でも、私たちもこうなってる以上、割りきるしかないと思うわ。優斗君は、大人へのステップがひとつ増えちゃったけどね」

「…………」

「それに、カードはこちらにあるのよ」

「カード？」

「私たちは父さんと由美さんのことを知ってるけど、あの二人は私と優斗君のことを知らない」

「…………」

「冷静に考えてみなさい」

義母はさらに身を乗り出し、優斗に顔を近づけた。

「このことで、優斗君はなにか実害を受けたかしら？　損をした？　なにかを失ったかな？」

お母さんに励まされるとはこんな感じなのか、と思った。

「なにもないでしょう？　気持ちを切り替えなきゃ！」

そう言って、優斗の肩を優しく摑んだ。

「そうだね……」

義母に言われると、不思議に肩の力が抜けた。心の中の黒い霧《きり》が少し晴れていくような気がした。この人が母親になってくれてよかった。本心からそう思った。

「ママ、ありがとう。相談に来てよかった。あのまま一人で自分の部屋に行ったら、頭がごちゃごちゃのままで、眠れないところだった……」

気が楽になると、現金なもので股間が充血していった。さっきから、義母の声と表情と匂いに、当てられ続けていたのだ。

「ママぁ……」

抱きつこうとしたが、まったく意外なことに、義母は手のひらでノーを示した。

「待って。そのブラジャーはさすがにダメよ。外してからにして」

顔は笑っているのに、目にはちょっと怒った表情を浮かべている。

「大丈夫だよ。下はママのパンティだから」

「あら、贅沢なオナニーをしようとしてたのね。このおバカ息子！」


翌朝、四人は同じ食卓で朝食を摂《と》った。

父は仕事に行ったあと、叔母の由美は片付けをしながら、もう一泊してもいいかと義母と優斗に訊いていた。

「いいですよ。そっちが落ち着くまで、うちでゆっくり避難生活なさいな」

「すみません、義姉さん。家のお片付けが残ってたら、ホントに手伝います」

「あら、じゃあ肉体労働もお願いしちゃうかも。うふふ」

本心がどうなのか、義母は大人の余裕でそんなことを言った。

優斗は学校に行った。

(父さんと叔母さんが、実の兄妹でセックスしてる……)

授業中も、それが頭から離れなかった。かなりショックな出来事なので当然だ。

しかし、そこから優斗の思考はタブーに踏み込んでいた。

(僕だって、叔母さんにヘンな気持ちを持ったことがある。でも、肉親だから我慢してたんだ……)

父がそれを犯していた。だったら自分も……。

(でも、僕にはママがいる。もしそんなことになって、ママが知ったら……)

実に複雑な三角関係だ。いや、四人いるので四角関係か。十七歳の高校生が抱えるには重すぎる問題だ。

「ただいまー」

家に帰り、玄関で声をあげた。

「おかえりー、優斗！」

二階から掃除機の音がとまり、叔母の声が飛んできた。

「あれ、ママは？」

「義姉さんはお買い物。ホームセンターをブラブラしたいって言ってたわ。私はお留守番でお掃除当番。んふふ、徹底的にお掃除してたら、アウェー感がなくなって自分の家にいるみたいな気持ちになるわ」

それは好都合だ。

「お茶にしようか？　手を洗って、うがいしてきなよ。んふふ、私がサボる口実がほしいだけだけどねー」

叔母らしい軽口だが、義母がいればさすがに言わないだろう。

三十六歳とも思えない軽やかな動きで、由美はてきぱきとお茶の準備をした。

その後ろ姿を見ながら、優斗は緊張気味に考える。

（どう切り出したらいいかな……）

大きな襟のついた白いブラウスにブルーのスカートは、引っ越しの翌日来たときに着ていたものと同じだ。ブラウスは薄手だが、いつものように色の濃いブラジャーが透けていないのが、なんとなく意外だった。ストッキングも穿いていない。家で掃除当番するつもりだったからだろうか。

（ママが言うとおり、忘れたフリをして。黙っていればいいんだろうな。僕さえ気にしなきゃ、この問題はなかったのと同じだ……）

義母がこのことでどう動くかについて、自分にできることはない。離婚だけは避けられるよう、子供として胸で十字を切るだけだ。

「学校の授業はついていけてる？　成績はいつもトップクラスだったと思うけど」

母親代わりのつもりか、叔母は優斗の成績をいつも気にしていた。

「あんたって帰宅部だけど、塾とか家庭教師をつけてとも言わなかったよね？」

「先生に聞けばタダじゃん。いまはネットで調べることもできるし……」

「ふぅん……ホントに頭のいい子って、そういうふうに考えるんだ。ちょっと兄さんに似てる」

叔母は紅茶を啜《すす》りながら、どこか上目遣いで不思議そうに優斗を見つめた。

決めたと優斗は思った。

(モヤモヤを抱えたまま、叔母さんがときどき来るこの家で生活なんてできない。ママがいるのに、夜にあんなことをしてることも、到底納得できない)

だがいっぽう、義母に言われるまでもなく、自分に正義を振りかざす資格がないことも知っている。父と叔母、そして自分と義母。この家には、道を踏み外した者が四人いるのだ。

「叔母さん、いつも僕のことを気にかけてくれてるよね？」

話の落としどころも決まらないうちに、優斗は切り出した。

「んふふ、当然じゃない。可愛い甥っ子なんだから」

叔母は大きな目をへの字に細めて笑う。頬がふくらんださまは少女のようだ。

「僕と父さん、似てるって言ってたよね？」

「高校生になってから断然似てきた！　ワクワクがとまらない。んふふふ」

邪推《じゃすい》したくなるほど、餌に食いついてくれる。

「じゃあ、父さんのことも大好きなんだね？」

子供でもわかる三段論法を提示してみた。叔母はちょっと話の流れがわからないようで、少し笑みをひそめた。

「そうね。まあ兄妹だし……」

「父さんのこと、旦那さんよりも好きなの？」

核心に触れる。叔母はさすがに完全に笑みを消した。

「優斗、なにが言いたいの？　持って回った言い方はキライなの」

小首をかしげて訊いてきたが、目が笑っていない。

「ゆうべ、一階の父さんの寝室で、なんの相談をしてたのさ？」

叔母の目が見開かれた。その場の空気が凍りつき、時間がとまった。

「……なにを見たの？　なにを聞いたの？　優斗、はっきり言って！」

「夫婦でしかやらないことを、父さんと叔母さんがしてるのを……」

そのまま、五秒ほどの沈黙があった。

「やっぱり……優斗だったのね」

絞り出すような叔母の声には、どこか安堵《あんど》も混ざっていた。

「やっぱりって？」

「トイレを流す音が聞こえたから」

そうだ。足音を忍ばせてはいたが、小用のあとトイレの水を流したのだ。

「ママじゃなくて僕でよかった、って顔だね」

「そういうわけじゃないけど……」

「僕がママにチクれば、結果は同じだよ？」

「…………」

「父さんは尊敬してるし、叔母さんも大好きだよ。でもあれは容認できない。当然だろ？　僕がゆうべどんなに驚いたかわかる？」

「ごめん……優斗」

「べつに、謝ってほしいわけじゃないんだ。いつから、父さんとあんなことになってたの？　いまのママと結婚するずっと前から？　父子家庭だったころから、叔母さんときどき家に泊まりに来てたよね？」

「そんなことを聞いたら……優斗、私のことが大嫌いになるわ」

「話してくれなきゃ、いま大嫌いになるよ」

表情を変えずに即答した。

「私と兄さんがあんなことになったのは、もう二十年も前よ……」

「に、二十年前!?」

では自分が生まれる何年も前から、父と叔母はそんな関係にあったのか。

「私が高一、兄さんが大学四年のときだったわ。もともと仲のいい兄妹だったんだけどね……」

由美はうっすらと涙を浮かべ、わかりやすく遠い目をした。

「仲がよくても……いきなりそんなことになったの？」

「ううん、でも予兆《よちょう》はあった。兄さん、こっそり私のお尻に触ったり、中学のときなんか、胸に触って『まだまだだな』とか言ったり」

実に悔しいことに、想像して勃起が始まった。

「叔母さんは、怒らなかったの？」

「うーん……正直、まんざらでもなかったかな」

親に怒られている子供のように、上目遣いでそう言った。

「何度かチューもした。両親に見つからないようにしてね。スリルあったわ」

「僕が黙ってたら、このまま父さんと近親相姦を続けるの？　ママの目を盗んで

「…………？」

「…………」

「さっきも聞いたけど、旦那さんより父さんのほうが好きなの？　旦那さんと揉めてるって、父さんのことと関係あるの？」

以前は、答えてもらえなかった質問だ。

「わからないの……旦那はいい人だけど……」

叔母らしくない、煮え切らない回答だ。きっと本音なのだろう。

「僕、叔母さんが大好きだよ」

ふいに元気な声で言うと、叔母は顔を上げて笑みを見せた。

「んふ、ありがとう。知ってたけど」

「正直、叔母さんにヘンな気持ちを抱いたこともあるんだ」

「それも知ってた。叔母の威厳で避けてたけど」

「僕が我慢してたのは、叔母さんが肉親だからだよ。きれいでも、家族にそんな思いを抱いちゃいけないって倫理観だったんだ」

「…………」

「でも、父さんとのことで、もういいやって気持ちになったんだけど？」

「優斗……なにが言いたいの？」

「父さんが僕ぐらいのとき、叔母さんは五年生ぐらいだったよね？　もうエッチなイタズラされてたの？」

テーブルに置かれた叔母の手に、そっと自分の手を重ねた。叔母は逃げなかった。

「ええ……びっくりして、最初は怖かったけど、お母さんに言ったりはしなかった。いまの優斗を見てたら、いろいろ思い出すわ……」

叔母も自分の手を、優斗の手の上に重ねてきた。

「僕もなんだか叔母さんが、年の離れた妹みたいな気がしてきたよ」

「わお、すごい矛盾ね」

二人は短くて小さな笑い声をあげた。そのまま見つめ合って三秒が過ぎた。

「優斗、なにがしたいのか、はっきり言ってよ」

「叔母さんと……セックスしたい」

叔母は重ねた手を離し、ゆっくりと立ち上がった。

「お掃除で汗をかいたから……先にシャワーを浴びたいわ」

「ダメ。許さない」

叔母は珍しく弱々しい苦笑を浮かべ、リビングを出た。自分の家なのに、叔母のあとをついて優斗の部屋に向かう。

部屋に入ると、叔母は振り返り、ふと思い出したような顔をした。

「そうだ、優斗、義姉さんとはセックスしたの？」

全身が固まるとは、こういう状態をいうのか。口が利けたのはしばらく経ってからだった。

「え？　なにを……どうして僕とママが」

優斗の挙動をじっと見つめながら叔母が言う。

「あんたと義姉さん、義理の母親と息子にしては、距離感がヘンだもの。そりゃ、家族になるんだから、お互いに歩み寄りと理解は必要よ。でも、はたから見たら、ちょっと度が過ぎてるように見えるわ」

「………………」

「あんたと兄さん、よく似てなかなかイケメンだけど、親子らしい同じ欠点もあるのよ。自分では気づいてないようね」

「それって、なんなの？」

「二人とも、天才的に鈍感だってこと。女にはわかるわよ。私だって、ひょっとして、私と兄さんのことを、義姉さんに勘繰られてるかしらって思うもの」

「……」

「んふふ、なーんて、ちょっと言ってみただけ」

叔母は、よく知る可愛らしい笑みを浮かべ、優斗に抱きついてきた。上背《うわぜい》は優斗のほうが高いため、見上げながら抱きつく格好になる。

（大丈夫、いま僕は否定も肯定もしてない……）

小賢《こざか》しい理屈で自分を納得させ、動揺を鎮《しず》めた。

優斗も叔母を抱き返した。その身体の小ささに驚いた。

「叔母さん、思ってたよりずっと小柄なんだね……」

「なにを、どう思ってたのよ？」

「小さいころは見上げてたから、その印象が残ってるんだ……」

義母よりも迫力がない。本当に年下の女の子を抱いているような錯覚を覚えた。

「僕だってずっと、叔母さんのお尻、こんなふうに触ってみたかったんだ……」

紺のスカートは薄手で、ストッキングも穿いていないため、お尻のやわらかさが生々しく伝わってきた。

（お尻もママより小さい）

叔母が顔を上げてきた。同時に顔を寄せ、キスをする。

（唇まで小さい……叔母さん、普通に女の子として可愛いよ）

叔母の後頭部を撫でた。髪はショートなので、まるで小さな男の子を撫でている気分になる。顔を離すと、ふっくらした頬の輪郭がまず目に入る。

「叔母さんとキスしちゃった……」

「んふ、小さいころは何度もしたのよ」

白いブラウスの上から、手のひらで胸を揉んだ。奥のブラジャーはデザインの凹凸感はあるものの、ワイヤーのゴワついた感触がなかった。

「ああん、優斗……」

叔母は湿った声を漏らし、大きな目を細めた。ブラウス越しに乳房を揉む手に、自分の両手を重ねてきた。

「優斗の手、こんなに大きかったんだ……兄さんみたい」

「……………」

待ってと叔母は優斗をやんわりと離し、スカートのホックに手をかけた。

紺のスカートはするりと落ちた。だがパンティは見えない。もう一枚、薄いスカートのような白い下着があったのだ。叔母はうつむき、立ったままブラウスのボタンを外していく。

「なに見てんの？　優斗も脱いでよ」

お互いに服を脱ぐ。これが叔母のセックスのルーチンなのか。

「叔母さん、父さんともこんなふうに別々に脱いで、コトを始めるの？」

あけすけに訊いてみる。

「そうよ」

叔母はこともなげに答えた。ちょっぴり腹が立つ。

叔母は白いスリップを身につけていた。ブラジャーのワイヤーの触感がなかったのはそのためだ。真紅のパンティが透けている。

優斗は最後のブリーフ一枚になったが、なぜかちょっと恥ずかしかった。

「んふふ、パンツは叔母さんが脱がせてあげようか。昔、お世話したみたいにね」

叔母の口調や表情はいつもの調子に戻っていた。叔母とセックスしたいと口にした時点で、優斗の倫理的な優位性は失われたのだ。

スリップ姿のまま、叔母は優斗の前にしゃがみ込んだ。そうしてブリーフに両手を添えて、ムダに時間をかけてゆっくり下げていった。

勃起ペニスは腰ゴムで弾みをつけ、ビンッと跳ね上がった。

「立派なオチ×チン！　成長したわね。昔は私の小指ぐらいだったのに」

握った手の小指だけを立て、なにがおかしいのか腹筋を揺らして笑った。義母のときにはなかった羞恥心を覚えた。

叔母は笑いを残しながら立ち上がり、スリップを脱いだ。

言葉を交わさずにベッドに横たわり、そして抱き合った。

「ああああっ……叔母さんっ！　叔母さんと、こんなことになるなんて！　ずっと我慢してたのに。いけないことだと思って、自分を叱ってたのに！」

「ごめん、優斗！　ごめんなさい！　あなたの信頼を裏切って……」

目が合うと、二人は顔をぶつけ合うように激しいキスをした。豊かな叔母の唾液が涎となり、二人の口の周囲をいやらしく濡らしていく。

「優斗……これを言っても怒らないかな？」

「これ以上、僕が怒るなにがあるっていうんだよ？」

「私……ちょっとだけ、いつかこんなコトになるような気がしてた」

うちの家は、近親相姦の家系なのかと思った。

「じゃあ……我慢せずに、叔母さんを襲えばよかった」

「んふ、待ってたのに」

挑発に対し、挑発で応える。こんなところは叔母にはかなわない。

顔を下げ、乳房にむしゃぶりついた。

「あんっ、あああんっ、優斗ぉ……」

小柄なのに、おっぱい自体は義母よりも大きい。しゃぶりがいがあった。

顔を乳房にうずめ、舌を大きく出して舐め回した。

「ああんっ……んふっ、んふふっ、んあっ……あんっ！」

嬌声の合間に、叔母は含み笑いを漏らしていた。

「あんたが赤ちゃんのとき、私といっしょにお風呂に入ったことがあったの……あんた、お母さんと間違えて、私のおっぱいを飲もうとしたのよ」

「それで？」

「吸わせなかったわ。私もまだ二十歳になるかならないかだったし、母親と間違えられるのは抵抗があった。あんた、ギャン泣きしちゃったわ。いま考えたらかわいそうなことしたと思う。ごめんね。んふふふ」

「じゃあ……十七年ぶりに願いが叶ったわけだ。待った甲斐があったよ」

コリコリとほどよく硬くなった乳首に、舌先で上下の往復ビンタを食らわせた。

「あんっ、ダメッ……あああんっ！」

頭を両手でもたれ、乳房から離された。中座を求める意思表示かと思ったら、そのまま優斗の頭を、クレーンゲームのようにもう一方の乳房に導いたのだ。

二つの白い乳房が、優斗の唾液でワックスをかけたように光り出した。舐めていないほうの乳房も手のひらでムニュムニュと揉み込む。

舌の根が痺れるまで乳房を弄んでから、優斗は顔をずるずると下げた。

「叔母さん、いつもいやらしい原色のパンティだね。この真っ赤なパンティも、僕に見せつけるつもりだったんじゃないの？」

真紅のパンティはエレガントなレースが意匠されていたが、フロントが淫蜜にまみれて、見るも猥褻な様相《ようそう》になっていた。

「そう、ああんっ……優斗の視線を無視して、いつもみたいに、知らん顔してやろうと、思ってたの。んんっ、あああっ！」

では叔母の派手なパンチラは、目的を持ってワザとやっていたのか？　甥だからと、警戒心を抱かなかったからではなく？

イジワルを言ったつもりなのに、肯定されてしまったかたちだ。

（それなら、ホントに、叔母さんを襲っちゃえばよかったよ……）

叔母の出していたサインに応え、欲望に正直になればよかったと思う。

「叔母さんのオマ×コ、ベチョベチョだよ。実の甥を受け入れる準備がすっかりできてる」

叔母さんのオマ×コ。義母のときと同じく、自分の口にした言葉に、背筋が寒くなった。

「あんた……ベッドの上で女の人にイジワル言う余裕なんて、誰に学んだの？」

「もち……」

もちろんママだよ。その最初の発声が口から出てしまった。

「……叔母さんが知らないだけで、百人ぐらい経験してるかもしれないよ」

「おみそれ。私は五人よ。あんたを入れて六人かな。んふふ……ああんっ！」

パンティのクロッチに強く口をつけ、染み出た淫蜜をジュルジュルと啜ると、叔母の軽口は途中から高い喘ぎに変わった。

性産業に従事する女性でなくても、経験人数が二ケタを越える人などザラにいるだろう。だが叔母はそんな股のゆるい女性たちとは異質だ。経験した六人の男性の中に、実の兄と甥が含まれているのだから。

「叔母さんのオマ×コ、見せて」

パンティの腰ゴムに両手をかけ、ずるずると下げていった。叔母はお尻を上げて、やや消極的に協力した。

「ああ……あんたに下着を脱がされる日が来るなんて」

「待ち望んでたくせに」

憎まれ口を返す。サラサラした叔母の髪質同様、恥毛も細かった。それが無秩序に大陰唇の周りに生えている。

「十六年前にお風呂で見たときより、いやらしくなってる」

「ゴメン、私の負け……そのネタやめて」

小陰唇はいくぶんはみ出しているが、色は浅く見た目に限っては義母よりも清楚に見えた。掃除で汗をかいているので、濃厚な香りと湿気が性器の周りに漂い、湯気が立っているような錯覚を覚えた。

中途半端に拡げていた脚を、両手で全開にさせる。

「あんっ……優斗、舐めるのじょうず……そう、そこ……」

陰唇の周囲を丁寧に舐めると、叔母は高くて小さい声で甥を褒めた。

陰唇の上の複雑なクリトリスを強く舐めほじると、効果は覿面《てきめん》だった。

「あああっ！　ダメッ、あんまり強く舐めちゃ……ああっ、兄さん……」

兄さんと口を滑らせた。愉快ではないが、同時にまた弱みを握った気がした。

前歯と舌で、皮を被ったままのクリトリスを挟んでホジホジする。

「ああっ……いやあああっ！」

ウェストを大きく浮かせ、背面でバタフライするように背中を大きくうねらせた。

叔母の性器がまともに顔に当たり、優斗の顔面は水浸しになった。

叔母はゆっくりと上半身を起こした。

「今度は、あんたが寝て、優斗……」

優斗が仰向けに寝ると、叔母らしい含み笑いを漏らしながら優斗の下半身に身体を移した。小柄な叔母は、義母に比べてフットワークが軽い気がした。年齢的なものもあるだろうか。

「あうっ……叔母さん」

「んふふ……優斗のオチ×チン」

叔母はペニスの根元を持ち、プラプラと左右に振って文字どおり弄んだ。

「ナマイキ。青筋なんか立てちゃって。大きさはまだこれからね。んふふ、楽しみ」

うれしそうな叔母の言葉には、今後もこの関係が続くような暗示がこもっていた。

母親が小さな子供に言うような声音だったが、もし実の母親なら間違ってもこんなかわいがり方はしない。

優斗のふとももに顎を載せ、ニヤニヤと薄笑いを浮かべながらのんびりペニスの軸棒を撫でさすっていた。

「叔母さんがいま、僕のチ×ポ見ながら、何を考えてるのか当ててみようか？」

「んふふ、なあに？」

「『兄さんのチ×ポも昔はこんなだったわ』だろ？」

叔母の口調をできるだけマネして言ってやった。案の定、叔母はペニスを撫でる手をとめた。バツの悪そうな笑みを浮かべる。

「勘のいい男の子はキライ」

叔母はペニスの軸をキュッとつまんだ。

「ねえ、やっぱりイヤよね？　兄さんと較べながらなんて」

「いいよ別に。そのチ×ポは僕のモンだし。父さんにしてるようなサービスしてよ」

「サービス……なんかイヤ、その言い方」

しばらくペニスをじっと見つめていたが、大きな瞳でイタズラっぽく優斗に言う。

「んふふ、舐めてあげる」

身を乗り出し勃ったペニスを上から口に含んだが、丸呑みにはせずに亀頭だけをチュプチュプと出し入れした。そして舌先で鈴割れをほじってきた。

「ああ……叔母さん、それ、いい……」

ペニスの根元に力が入ってしまい、まるで口から逃げようとしているようになる。

「僕の、三十二番目に経験した女の人みたいだ」

「ナマイキなウソついてると噛んじゃうぞ！」

それは怖い。「ごめんなさい」と白旗を上げる。

ペニスを口から出すと、顔を横にして軸棒をリスのようにホジホジと小さく舐《ねぶ》ってきた。義母のようなダイナミックさはないが、非常にゆっくりと性感が高まっていく。

かゆさとくすぐったさによく似た気持ちよさが、ペニスをじわじわと蝕《むしば》んでいった。

「義姉さんに黙ってるなら……私がどんな気持ちで兄さんのコレを舐めてるか、教えてあげてもいいよ」

「ママには言わないと誓います」

全力でペニスを掻きしごきたい気持ちを抑えて、優斗は軽い口調で言う。

「んふ、このオチ×チンは私だけのモンて所有欲を満たしながら舐めてるの」

「ママが帰ってきたら速やかに報告します」

「じゃあ中止。パンツ穿いて夕食の準備を手伝え」

「前言を撤回。継続を切望します」

「優斗のオチ×チンは誰のもの？」

「叔母さんに挿れるために、いままでオナニーで鍛えてました」

「許す。では、ご褒美をあげよう」

艶やかな赤い舌を出すと、叔母は唇の周りを一周させた。

そうしてもう一度ペニスを上から丸呑みすると、今度は強い圧をかけて大きく上下運動を始めた。

「ああっ！　叔母さんっ、きっ……気持ちいいっ！」

顎を出して声を絞り出した。急角度をつけて射精欲求が高まっていく。

（チ×ポの周りが、かゆい……）

ショートの髪の先が、お口ピストンのたびに優斗の鼠蹊部に触れて、かゆみに似たくすぐったさを覚えた。

「ああ、優斗のオチ×チン、もっと小さいころから可愛がってあげたかったわ……」

一瞬だけ口からペニスを出し、切ない声でそう言った。

（本音なのかな……小さいころから、僕をホントにちょっとそんな目で見てたの？）

失われた時間をもったいなく思った。

「優斗、そろそろ……」

叔母の口の周りは、唾液でべとべとになっていた。少女のような大きな眼差しを妖しく細め、見たこともない笑みを浮かべている。近親相姦を是《ぜ》とする悪女の微笑みだった。

薄笑いを浮かべながら仰向けになった叔母に、優斗はゆっくり重なった。

「んふふ、百戦錬磨《ひゃくせんれんま》の男の子の、お手並み拝見ね」

「ウソついてました。ホントは一人です」

「私は叔母だけど、その人も『母』の字がつく人？」

「ノーコメント……」

叔母が白いふとももを左右に拡げた。振り上げ方が軽い。

「可愛くてカッコよくて、ちょっと怖かった叔母さん……叔母さんの顔を見ながらこんなことするのが、なんか不思議だよ」

「んふ、怖くて引き返したくなった？」

それには答えず、優斗は見つめ合いながらペニスの根元を持った。

「んんっ！　そこよ、優斗……そのまま、来て！」

叔母が顎を出し、目を閉じて眉根を寄せた。

義母と較べて大きな目とふくらんだ頬、そして小さめの肩が印象的だ。なにか本当に年下の少女のようにも見える。

（父さん、いろんな意味で叔母さんが可愛いんだろうなあ……）

挿入を始めた直後にそんなことを思い、ちょっと父をうらやましく思った。

叔母の膣道は細かった。しかし溢れる膣蜜が摩擦を軽減し、圧に晒されながらもペニスはスムーズに侵入していく。感覚としては、ローションや義母よりもやや粘度が高い気がした。

ほどなくペニスは最奥に達し、亀頭の先が子宮口をやわらかく突いた。

「叔母さんと……つながっちゃったね」

「ショック大きい？　罪の意識とか」

「うん……かなり」

義母はまあ、生物的には他人なのだ。

「叔母さんは、どうなの？」

「……昔、兄さんと初めてしたときを思い出すわ。ほんとに恐怖だったわよ。兄さんが優しくしてくれるのだけが救いだった」

「いま、ちょっと笑ってるじゃないか」

「あのときも笑ってたわ……世界中の誰も知らない秘密を、兄さんと共有したんだもの。ゾクゾクしたわよ」

「…………」

　腰を引いてペニスを抜き、亀頭だけを残してまた挿入した。ゆっくりとピストン運動を始めていく。

「ああん……優斗のオチ×チン、硬くて細い……ホントに昔の兄さんみたい」

「甥のチ×ポでノスタルジーを語るなよ」

　喘ぎの合間に、叔母は「ふふっ」と失笑を漏らした。

　さらにピストンを速める。叔母は肩をすくめ、指を咥えてシーツを鷲掴みにした。

「ああっ、いいわ、優斗……すごくいい！　やっぱり、若い！」

　つらそうな嬌声をあげていたが、ふっと目を開けて笑みを浮かべた。

「こんなときに優斗って呼ぶのが、なんか不思議……」

「さっき、僕と父さんを言い間違えただろ？」

「あら、気づいてた？　普段は気をつけてるんだけど……あんっ」

「普段？」

「うちの旦那と、兄さん……」

「…………」

　自分自身は独身の高校生なのに、なにかダブル不倫を越えて、トリプル不倫かカルテット不倫をしているような気がした。

「優斗、来て……」

ピストンで顔を上下に揺らしながら、叔母は両手を差し出していた。

優斗はピストンのリズムをゆるめないまま、上半身を倒して叔母に抱きついた。ヌメッた短いキスをしたあと、叔母はまじめな表情で言う。

「優斗……濃いの、出せる？」

「出せる。ゼリーみたいな濃いやつ」

「んふ、頼もしい。お願いよ……」

エッチな文言だったが、なにかほかの意図を含んでいるような叔母の口調に、ちょっとだけ違和感を覚えた。

「叔母さん、抜くよ」

「えっ、なんで？」

優斗は往復運動をとめ、亀頭を抜いた。

「叔母さん、後ろから……」

叔母のウェストを持ち、軽くひっくり返す。

「手際がいいわね。オドオドした童貞少年のつもりだったのに……」

「僕の童貞を奪うのが、叔母さんの悲願だったとか？」

うつ伏せになった叔母の腰を摑み、お尻を上げさせた。叔母は両手をスフィンクスのようにして、中途半端に上半身を支えていた。

「そう。毎年、神社にお祈りしてたけど、悲願は成就《じょうじゅ》しなかったのね。んふ、残念」

「バチ当たりなエロ叔母め」

優斗は白いお尻に平手を食らわせた。

「やん、なにすんの……」

不安な非難の声に、どこか面白がる調子が混じっていた。

二つのお尻の肉を摑み、外側に拡げた。

「おしゃべりな叔母さんの口と違って、お尻の穴は口をすぼめて静かにしてるよ」

「こらぁ、そんなとこ見るな！」

今度はちょっと恥ずかしそうなトーンが混じる。そしてお尻を両手で拡げたまま、わざと三秒間沈黙した。

「なに見てるの？　なにしてるのよ？」

「二十三本。お尻の穴のシワ。僕の知ってる女性より少ないな」

「もう、やめろぉ！」

義母と同じく、お尻をキュッとすぼめた。

「ひあっ⁉」

逆手にした手のひらで、叔母の性器を撫でた。ふいをつかれた叔母は義母のときと同じく、鳥のような短い声をあげた。

手のひらにべっとりついた淫蜜で、お尻の穴の周辺を撫でる。

「ああんっ、優斗、そっちはダメ……ダメだってぇ」

お尻をもぞもぞと動かし、必死に逃げようとする。

「叔母さん、お尻の穴を使うセックスもあるんだよね？」

からかうように言うと、叔母は本気で逃げようとお尻を左右に振った。期せずしていやらしい動きに見える。

「ちょっと！　ダメよ、優斗！　ホントに……」

「旦那さんや父さんとも、したことないの？」

「あるわけないじゃない、そんな怖いこと……」

そう言って、叔母はお尻で逃げ回るのをふとやめた。

「あんた、したことあるの？　お尻なんかで」

「そこはノーコメントといきましょう」

いやらしい余裕の口調で言う。義母のときにも思ったのだが、女性のバック姿勢のとき、なぜか自分は強い口調になれるようだ。無防備な女性のお尻と対峙《たいじ》することで、高飛車に出られるということか。我ながら、小心者だと思う。

「叔母さん、せっかくだから、僕と記念になるようなこと、したくない？」

濡れた指先で、肛門周辺を小さな円を描きながら撫でる。

「ダメだって！　ちょっ……そんな怖いこと」

白いお尻からも恐怖が伝わってくる。ちょっといい気味だと思った。

本気でアナルセックスを求めているわけではなかった。

「仕方ないなあ……じゃあ、今度までに準備しといてよね」

上から目線の口調で言ってやった。

「さあ、叔母さんのオマ×コも退屈してるみたいだし、そろそろやるか！」

ペニスの根元を持ち、三センチほど開いた膣に向けた。

「もう、覚えてらっしゃい……」

古くさいが、カッコいいセリフだと思った。

「叔母さん、次で……出しちゃっても、いい？」

ちょっとトーンを変えて訊いた。

「いいわよ。濃いのをお願いね……うんと濃いのを」

エロい言葉なのに、声の調子になぜかエロさがなく、また違和感を覚えた。

「あっ、優斗……」

亀頭の楕円体はニュルリと膣口に入った。何の抵抗もないのに圧がある、そんな不思議な感触だ。白いお尻をしっかり摑み、ゆっくりと軸棒を沈めていった。

「あああ……私のアソコ、優斗のオチ×チン、覚えちゃったわ……」

「僕のチ×ポも、叔母さんのオマ×コを覚えたらしいよ。居心地いいってさ」

ヌルヌル加減は義母よりも多かった。締めつけはキツイのに、言いようのない気持ちよさがペニスを全方位から包んでいる。

ペニスが最奥に達し、優斗の鼠蹊部と叔母の白いお尻が、ペタンッと触れた。優しい触感だが、面積が広いために迫力がある。

「叔母さん……これ、動いたら、すぐに出ちゃうかも」

「あら、百戦錬磨のプレイボーイが、情けないんじゃない？」

「叔母さん……最高にいやらしいオマ×コしてるから」

「こいつめ！」

ゆっくり引き抜き、亀頭の首根っこだけを残して一度とめた。もう一度挿入していく。歯の根を食いしばりながら、それを繰り返した。

「あんっ！　優斗っ、すごいわ……細くて硬い棒に、ツキツキされてる！」

「細いはよけいだよ……」

スフィンクスのような上半身の姿勢から、顔をシーツにつけた、伏せの体勢になっていた。横顔をシーツに預けて、目はつらそうに閉じている。

「ああ……優斗と、ずっと、こんなこと……したい、あんっ！」

横顔をピストンで揺らし、声を割らせながら叔母はそんなことを言った。

「僕もだよっ。父さんがくたびれちゃったら……僕が、叔母さんの、相手をっ！」

優斗も切れぎれに返答する。ペニスの表層を襲うヌラヌラの刺激が強く、あまり高速でピストンしてはもったいないという計算が働いた。

「んんっ、優斗が、将来結婚しても……こっそり、こんなこと、したいわっ！」

かなり危険だが、うれしい申し出だった。

次第に息が荒くなり、ピストンも速くなっていった。パンッパンッと、肉同士がぶつかる音が軽快に響く。

「死が二人を分かつまで……叔母さんと、近親相姦、続けたいよっ！」

バチ当たりな言葉が出てしまう。だが叔母も負けていない。

「やんっ、そのあいだにっ……何リットルも、何十リットルも、私に出してっ！」

滑稽な挑発につられてしまい、ペットボトルいっぱいの精液が頭に浮かび、続けてそれを一度に叔母に注ぐ情景が浮かんだ。

「おっ、叔母さん……出すよっ！」

叔母は顔を伏せた姿勢のまま、片手を後ろに突き出してきた。

優斗はその手を取り、ピストン運動を最速にした。

「ああっ！　優斗っ、腰が、ビリビリしてるっ！　ああっ、ああんんっ！」

叔母のショートの髪先が、シーツで激しく揺れていた。

見おろすと、叔母の二つの尻肉はぶつかるたびにひしゃげ、残像が残るほどの高速のつぶれ方をしていた。

「叔母さんっ……出るっ！　ああっ、あああっ！」

射精の瞬間、優斗は叔母の手を引っ張り、片手で腰を掴んだまま鼠蹊部を全力でお尻に押しつけていた。

「あああっ！　優斗のが、来てるっ！　熱いっ、熱いわっ、優斗っ！」

(届けっ、届けっ！　叔母さんのオマ×コの、一番奥までっ！)

叔母は苦しい姿勢なのに、さらに顎を出して首をのけぞらせていた。

十回近い吐精を終えても、叔母のお尻に強く腰を密着させていた。奥歯を食いしばり、無意識に眉間を寄せている。阿修羅のような形相《ぎょうそう》だろう。

「叔母さん、出た……濃いのが、出たよ、ぜんぶ……」

叔母は横顔をシーツにつけ、両肘を張って息を荒げていた。不格好に土下座をしている姿勢だ。

「んんん……優斗の熱いのが、私の身体の中に染みていってる……」

お尻をしっかり摑み、ペニスを引き抜いていった。

「叔母さんのオマ×コ、すごく締めつけが強くて……」

ヌメリのおかげで摩擦は軽減されているのに、抜根するのに力がいるほどだった。

「んふふ、あんたと別れを惜しんでるのよ……」

ペニスを抜き去ると、優斗はバタリと叔母の隣に身体を横たえた。

目が合うと、以心伝心で顔を寄せて唇を重ねた。同時に双方の背中に両手を回し、強く抱き合った。

「叔母さん……普通に、女の子として可愛い……ホントに妹を抱いてるみたいだ」

ふと義母のことを思い出した。

（ママみたいに、母子相姦プレイはできないな……）

「んふふ、私は、兄さんのヤングバージョンとしてるみたいだわ」

優しく抱き合い、事後の至福を味わいつつも、会話の内容はなかなか怖ろしい。

「由美、旦那くんと俺と、どっちがいい？」

わざと父の口調を真似てみた。

叔母は顔を下げ、ふいに優斗の乳首を舐めた。「あうっ」と声が漏れる。

「ナマイキ言うな。甥っ子のくせに！」

ふと見つめ合うと、ともに失笑が漏れた。

「さあ、そろそろ……義姉さんが帰ってくるわね。こんなところ見られたら、まずいでしょ？」

「そうだね……」

女の子とセックスしているところを、母親に見られるのはマズい。その女の子が、実の叔母ならなおさらだ。そして自分と母親が肉体関係にあるのだから、もっとヤバい。

二重三重にヤバいコトをしているのだと、優斗は改めて実感した。

第五章　悦楽のW相姦ハーレム

叔母は、その日のうちに帰っていった。

父が早く帰宅した日は、家族三人で食卓を囲み、優斗は学校の報告、父は仕事の陽気な愚痴をこぼし、次第に三人家族らしくなっていった。義母はパートに出たいらしいが、父があまり乗り気でないという。

そうして一週間が過ぎた。そのあいだ、叔母の由美は一度も来なかった。

そして優斗と義母も、ごく普通の親子として接していた。

(またママのパンティでオナニーする生活に逆戻りだよ……)

不満はあったが、優斗も学園祭の準備などで学校が忙しくなり、まとまった時間に家で義母と二人きりになれるチャンスが、ありそうでなかったのだ。

「また出張だよ。今度は二週間だ」

七日目の夜、夕食の席で父はそんなことを言った。

「あら、それは寂しいですわね」

「今度は二週間、母子家庭になるんだね」

優斗が感心しない言い方をする。

「そのあいだ、由美のヤツが遊びに来てもいいかと訊いてきてるんだが……」

「かまいませんわ。優斗君も喜ぶし」

「そう、叔母さんなら大歓迎だよ」

父は二人を交互に見て、わりと殊勝に頭を下げた。

「すまん！　お前たちが由美に理解があって助かるよ」

お前たちと言っているが、おもに義母に向けられた言葉だろう。

父には申し訳ないが、優斗のイケナイ期待感は高まっていった。

(ママと叔母さん……うれしいけど、どっちかと僕の二人きりになるのは難しいな)

淫靡で困難な命題に、優斗は翌日の登校中からニヤニヤがとまらなかった。

そしてその日の午後、下校して家に入った優斗は息を呑んだ。

「おかえりなさい、優斗君」

「おかえり、優斗。お邪魔してるわ」

義母と叔母がダイニングのテーブルに差し向かいで座っていた。

優斗は二人の眼差しに導かれるように、義母の隣に腰かけた。

とても友好的な空気ではなかった。二人とも笑っていない。

(もしかして、僕と叔母さんのことが、ママにばれた?)

その反対も考えたが、それで叔母が怒るとは考えにくかった。叔母はすでに察しているフシもある。

(それとも、二人が告白し合って、怒りが僕に向いてる? どう言い訳すれば……)

もつれた三角関係にある男特有の、自己保身の本能が働いた。

義母は黒のプルオーバーに、クリーム色のジャケット、クリーム色のスカートを穿いていた。義母のコーディネイトは、まったくの私服でも、どこかフォーマルな印象のものが多かった。

その義母が、険《けわ》しい表情を崩さないまま、ちょっと意外なことを言った。

「優斗君……叔母さんがあなたに、大事な話があるんですって」

目を叔母に向けた。叔母は怒っているというより、戸惑った表情をしていた。

「こんなことを、高校生に言ってもいいのかどうか……義姉さんと相談してたの」

叔母らしい大きな襟の白いブラウスとブルーのスカートで、やはりあまりカジュアルなイメージはない。中学校の先生と言われれば、たいていの人は信じるだろう。

「そうなの。うちの人……あなたのお父さんと、由美さんの旦那さんの名誉にも関わることだし……」

さっぱりわからない。

「あの、なにを聞いても驚かないから、最初からちゃんと説明してほしいよ」

今度は義母と叔母が目を合わせた。

「優斗、私がうちの旦那とうまくいってないのは、なんとなく知ってるわよね？」

「うん。理由は知らないけど」

「それは、子供ができないからよ……私じゃなくて、旦那に問題があったの」

「…………」

たしかに高校生には重い話だ。

「でもね、それがわかってても、旦那は子供がほしいって言ってるの」

「じゃあ……養子をもらうとか？」

高校生でもそのぐらいの代案は出る。叔母は可愛らしい苦笑を浮かべて言った。

「旦那はね、どっちか一方の血が入っててほしいっていうのよ。つまり、私に産んでほしいってこと」

「でもそれ、旦那さんの子じゃ……」

義母と叔母はまた目を合わせた。

言いにくそうにしていたが、二人を代表して義母が切り出した。

「優斗君、高校生のあなたに言いにくいことが二点あるの。ひとつ目はね、由美さんの旦那さんは、由美さんの子なら、相手は誰でもいいって言ってること」

それは高校生でなくても驚く。

「そんな、そんなこと……よく旦那さん、そんなこと決心できたね……」

「それぐらい、由美さんの子供がほしいってことね。さすがに、どの男の人とどんなふうに子供をつくったかは知りたくないって、言ったらしいわ」

「…………」

ふと、純文学作品でそんなあらすじを読んだことがあるような気がした。

「で、優斗、ここからがもうひとつの言いにくいこと、なんだけど……」

叔母が見たこともない真面目な顔で身を乗り出した。

「私だって、優斗が思ってるほど尻軽なわけじゃないのよ」

「そんなことは……」

叔母はにっこり笑ったが、すぐに笑みを消した。

「私がそんなデリケートなお願いをできる男性は、この世に一人だけだった」

鉛のように重い沈黙があった。

「それは、つまり……父さん？」

優斗のほうが、気を遣ってチラチラと義母を見た。

「じ、実の兄妹で、ホントに子供をつくろうと……」

「あなたの父さんは、このことは知らないわ。私は最初に由美さんから聞いたけど」

「そう。兄さんは昔からの流れでしてるだけ、のつもりだから」

「……ママ、よくそんなことを了解したね？」

薄氷を踏む思いで訊く。

「私も最初、義姉さんになる人にそんなことを言うの、ドキドキだったわ」

「黙っていようとは思わなかったの？」

「どうせバレると思ったし。それに、雅美さんって美人だけど不思議な価値観を持ってる人だって、わりとすぐにわかったわ」

「あのとき思ったのは、優斗君の情操教育に悪い影響を与えないかということだけだったわ」

「あらら、義理の息子とワイセツ行為した人の言葉とは思えません」

「うふふ、あなたに言われるのはさすがに心外だわよ、由美さん」

ここで笑いが出るところが、二人の関係の特殊なところか。

宇宙人はママだけじゃなかった。そんな思いが優斗の頭を占める。

ふと、疑問が起きる。怖ろしいカミングアウトだ。だがしかし、それが自分とどう関係あるのか？

「でもね、優斗、できないみたいなの。兄さんと私の子供」

「えっ……」

「あんたは十七年前に、ホントのお母さんとできたのにね。相性なのか、兄さんの年齢なのか……」

「それで、由美さんが言うにはね、優斗君、あなたのはとーっても濃いんだって」

かすかな皮肉を込めて、義母がおどけた調子で言う。

ここで二人の言いたいことの全容がわかり、優斗は頭を殴られたようなショックを受けた。

「じゃあ、叔母さんは、僕と、子供を……」

驚きで喉の奥が乾いてしまい、妙な発声になってしまった。

「優斗君次第なんだけど。さすがに人知れず父親になるのは、抵抗感が強いんじゃな

「いや、僕は……叔母さんと旦那さんとの子供として、普通に育ててくれるならいいかと思って……」

ずっと気にはしつづけるだろうけど……」

絞り出すように言うと、義母と叔母は目に見えて安堵していた。

「んふふ、これからも活きのいいのをお願いしたいわ」

「さっきここに来たとき、二人とも深刻な顔してたけど、このことを話してたの？」

「そうよ。どう切り出すか。デリケートな話だし」

「……僕、自分を、二輪の花に惹き寄せられたミツバチみたいに思ってたけど、僕自身が台風の目だったんだね」

「なにメルヘン語ってんの」

素の顔でツッコミを入れてから、叔母は義母に目配せした。

「じゃあ、第一関門突破ってとこね」

「あら、あきれた。由美さんの中では、この二つの関門は同列なの？」

「二つの関門？」

優斗が訊く。心臓によくないカミングアウトがまだあるのか？

「優斗君、この前、ママの……お尻にイタズラしようとしたわね？」

義母が言うと、「んふふふふん」と叔母が気色の悪い笑い声をあげた。

「私にもしたよね、優斗。『勉強もできて優しくて親孝行な優斗君。ただ一つの欠点は、叔母さんの肛門にとても興味があったことです』」

そう言って、濃い含み笑いを腹から漏らした。

「なんのナレーションだよ」

「うふふふ、優斗君はホントに台風の目だわ。怖いインスピレーションを私たち二人に与えてくるんだから」

ゆっくりと義母は立ち上がった。

叔母も立ち上がると、ふいに座ったままの優斗の股間に触れてきた。

「ちょっ、叔母さん、なにを……」

「義姉さん、ダメよ、コイツ。ショックが大きいのか、まだフニャチン」

フニャチン……。そんな古臭くて滑稽な言葉を、叔母の口から聞くとは。

「優斗、服を脱ぎなさい！」

叔母が命じた。優斗は二人の視線を受け、周囲を見渡す。

「ここで？」と床を指差した。

「そうよ。お台所で服を抜いじゃいけないって法律はないでしょ？」

腰に手を当て小首をかしげて、叔母は小学生みたいなことを言った。

ちょっとだけ面白そうだと思った。近親相姦ほどではないが、キッチンで裸になるのも、妙な背徳感がある。ゆっくりと学生服のブレザーに手をかける。

「あー、上はいいの！　見たいのはオチ×チンだけだから」

叔母が怖ろしく即物的な訂正をした。

言われたとおり、ズボンを脱ぎ靴下を脱いで、ブリーフをずり下ろした。

「ほら、ぜんぜんヤル気ないわよ。すっかり下を向いてる」

「うふふ、上はそのまま証明写真も撮れそうなのにね」

義母がおかしそうに笑った。白いカッターシャツとネクタイ、濃紺のブレザー姿なのに、下がまったくのむき出し状態は、言いようもなく頼りない気分だった。

「優斗、シャツの裾でオチ×チンが見えにくいわ。手で持ってて！」

（エッチなグラビアを撮るアイドルって、こんな気持ちなのかな……）

カメラの真正面でスカートを両手でめくり上げる、セクシーグラビアの恥ずかしさがわかる気分だった。

「ほんと、ポロンと下向いてるわね。うふふ、これで元気になれるかしら？」

義母がスカートの裾をつまみ、ゆっくりと持ち上げた。

エレガントなレースの白いナイロンパンティが現れた。ストッキングは穿いていない。こうすることを最初から決めていて、脱いでいたのかもしれない。

シンクやIHヒーターなど、日常的なキッチンの風景と義母のパンティが一度に見えているのは、地味に異様な光景だった。

「あ、オチ×チン、ちょっと大きくなってきた！」

上半身を斜めにして覗き込んでいる叔母がうれしそうに言う。

「優斗、オチ×チン、ビンビンッてやってみて！」

ペニスの根に力を入れ、二度振ってみた。獲物のかかった釣り竿のようにペニスは揺れる。

「んふふ、面白いわ。でもまだ、下向きのままね」

「じゃあ優斗君、これはどう？」

義母はクルリと背中を見せ、お尻を突き出して景気よくスカートをめくり上げた。

白いパンティはお尻に貼りつき、シワひとつない。クロッチの扇形の内側だけが厚く縫い取られていて白みが強い。

「あはっ、オチ×チン、水平になった。空気入れてる自転車のタイヤみたいね」

「叔母さん、初めてチ×ポ見る、小さな女の子みたいだ……」

「ムクムク大きくなるのを見るのは初めてだわ。んふふ」

「ママ、前を向いて、パンティを少しずらしてもらえると……」

「あら、モデルに注文が入ったわ。義姉さん、そうしないとオチ×チン大きくならないんだって」

「あら、しようがないわね……」

ぜんぜん、しようがなさそうな様子もなく、義母は正面を向くと、スカートの中にバッと勢いをつけて両手を入れた。

「うふ、スカートを穿いたままパンティだけずらすって、あんがいやりにくいのね」

白いスカートは多少ずり上がっているが、パンティを脱ぐ様子は見えない。

「なんかうれしそうよ、義姉さん。笑ってるもの」

「恥ずかしいわよ……二人に見つめられてるんだから」

最後の一枚としてのパンティを脱ぐより、どこか説明しにくい猥褻さがあった。

ずらされた白いパンティが、スカートの裾から現れた。膝の少し上で、左右に引き裂かれそうなシワが寄っている。

「優斗、目が血走ってて、口から涎も出てるし、息も荒いわよ」

「あん……これを見られるのは、恥ずかしいわ。こんなこと、しなきゃよかった……」

珍しく歯切れが悪い。この程度で本気で恥ずかしがる義母ではないはずだ。

義母は二人の視線を避けるように、顔を斜め下に向けていた。ゆっくりとスカートをめくり上げていく。

「んふ、私もそんなのを見るのは初めて。ちょっと楽しみ」

なんのことだろう。性器にいやらしい細工でもしているのか？

義母は実にゆっくりと、スカートをめくっていった。白いふとももが次第に太くなり、最大直径になってからほんの少し細くなる。もう少しで性器が見える。

（ママ、あのバイブを仕込んだままだとか……）

義母ならありえそうな気がした。しかし、現れたのは予想外の光景だった。

女性器が見える。しかし、そこに当然あるはずの黒い茂みがなかったのだ。

「ママ、アソコの毛が……ない！」

股間を刻む女性のＹ字は鋭角で美しく、その中心に短い一本線があった。

「優斗君、こんなの……キライ？」

義母は本気で心配そうに訊いてきた。

「いや、キライじゃないけど。ちょっと意外すぎて……」

「んふふ、義姉さん、小学生に戻ったみたい……」

「私も、自分で剃り終わったとき、そう思ったわ」

「義姉さん、スカート脱いでよ。それから、もう一回後ろを向いて、お尻を突き出してみて」

「……こうかしら？」

義母がスカートのホックを外すと、軽いスカートは音もなく落ちた。

そうして後ろを向き、少し脚を開いて、お尻を突き出した。

「ああ、恥ずかしいわ……」

大陰唇がまったくの無毛のため、白い二つのお尻の谷間に、もう一つの小さなお尻が挟まれているようだ。

「優斗、どう？　女子小学生に戻った義理のお母さんのアソコを見る気分は」

「もう何重にも、イケナイことをしてる気分だよ……」

叔母が優斗の下腹部に目を落とす。

「義姉さん、優斗のヤツ、オチ×チンカチカチにしてる！　義姉さんの変態英才教育の賜物《たまもの》ね！」

振り返った義母と優斗は目を合わせた。そして以心伝心で同時に叔母に目をやる。

「じゃあ、僕とママは性教育の実技授業に入るから……叔母さん、また来てね」

「あらら、なんでそんなイジワル言うの？」

「優斗君、いいわよ、来て……」

義母はショート漫才を継続するかたちで、キッチンのシンクに両手を置くと、ウェストを窪ませながら、むき出しのお尻をさらに突き出してきた。

「ママ、チ×ポはピン勃ちなんだけど……」

急にエロい物を見せられて、本能的にペニスは最大勃起をしていたが、カウパー液が間に合っていない。義母の蜜液にもよるが、このまま挿入すれば摩擦が大きく、双方あまりいい気持になれない気がした。

「待って、優斗。んふふ……んんっ！」

「え、なにしてんの、叔母さん？」

叔母はスカートの中に手を突っ込み、自分の手をふとももで挟むようにX脚になっていた。

「あんたのオチ×チン、潤いが足りないわ。そのまま挿れたら、義姉さん痛いかも」

スカートとパンティ越しでも、くちゅ、くちゅ、ぬちゃ、ぬちゃと濡れた性器をいじる猥褻な音が出ていた。

「んふ、ほら、私のシロップでコーティングしてあげる……」

パンティ越しのはずなのに、お椀にしないとこぼれるほどの淫蜜が、手のひらに付いていた。

「叔母さんとママ……僕にどう報告しようか怖い顔で相談しながら、そのあとのエッチなことばかり考えてたんじゃない？」

叔母は含み笑いだけでそれには答えず、ほぼ垂直を向いた優斗のペニスに手のひらの淫蜜を塗りつけてきた。

「んああっ！　あああっ……」

ぬめりを生かした叔母の手コキに、キッチンに妙な声を響かせてしまった。

「たっぷり、塗り込んであげるからね……んふふ」

幼子を愛《め》でるような表情で、叔母はペニスに顔を寄せ、幼子にはしない手つきでペニスを撫で回した。

「まあ、由美さんの淫らなお汁のついたオチ×チンを、私に挿れるというの？」

義母が挿入待機の姿勢で文句を言う。

「ママ、お願い……僕、なんかそれ、ちょっとうれしいかも」

「もう、優斗君が言うなら仕方ないわね……」

「さあ、テラテラになったわ。これで義姉さんのアソコを傷つけることはないわよ」

そう言って、叔母は優斗の尻をペチンと叩いた。

優斗は義母のお尻を掴んだ。片手でペニスの根元を持ち、仰角を下げる。

「すごぉい……こんなところで人のセックス見るの、初めて」

叔母が言うと、義母もその体勢のまま言う。

「私だって、初めてよ……」

「僕も、初めて」

「あんたは当たり前よ。早すぎるぐらいなの！」

叔母が常識的なツッコミをする。

「あんっ……ああっ、優斗君っ！」

亀頭の先が膣口に入ると、義母はつらそうな声を出した。

白くてやわらかい義母のお尻を両手でしっかり掴み、挿入を続けた。

「ああっ、ママのオマ×コ、久しぶり……気持ちいい！」

「おかえりなさい、優斗君……ママも、気持ちいいわ！」

シンクのフチを掴む手に力を入れながら、義母も応えた。

「ママのオマ×コって言葉、すごく抵抗があるわ」

「叔母さんに言われたくないよ」

「由美さんに言われたくないわ」

セックスの渦中《かちゅう》にありながら、二人は同時に叔母にツッコんだ。

ゆっくりと、ペニスの出し入れを開始する。日中、それも照明の灯ったキッチンなので、見おろせば挿入部がはっきりと見えた。しかも無毛だ。

「言いたくないけど……叔母さんのオマ×コのヌルヌル、助かってるかも」

「認めたくないけど、それは言えるかも……ああんっ！」

自分の鼠蹊部に、義母の白いお尻がタプタプと当たり、やわらかな触感が性的興奮を高めている。

「あん……そんなこと言うから、なんだか、優斗君と由美さんが、いっしょに私の中に入ってる気分になっちゃう……」

この異次元の発想が義母らしい。

「ああんっ！　優斗君っ、ちょっ……激しいわっ！」

ピストンはすぐに最速になった。キッチンという性とは無縁の場所でのセックスに加え、叔母がすぐ近くにいるという異様な状況が、十七歳の少年の性欲を急速に昂《たかぶ》らせたのだ。

「んんああっ……こんっ、こんなところで、私っ、ああっ、あああっ！」

ややも意味不明の言葉を早口で発し、シーツと違って摑み勝手が悪いのか、シンクのフチを摑んでいた義母の手が、あらぬ方向に彷徨《さまよ》った。

叔母が手を差し伸べた。文字どおり、藁をも摑むように義母は叔母の手を摑み、そこにもう一方の手を重ねた。

「優斗、ここで出しちゃうの？」

義姉に手を握られながら、叔母が少々不満そうに言った。

「しかたっ……ないよっ！」

異様な状況で急角度を描く、性感のボルテージをとめられなかった。

「あんっ、ああっ！　いやっ、ゆうとく……あああんっ！」

義母は差し出した両手よりも顔を下げ、ウェストも思いっきり下げていた。お尻だけを高く上げた格好で、猫が伸びをしているような姿勢になっていた。

「ごめんっ、ママッ……出るっ！」

激しい腰の突きをゆるめないまま、優斗は渾身の力で射精した。吐精の瞬間目にしたのは、義母の後頭部とシンク、ＩＨヒーターに載ったケトルだった。

不自然な姿勢のまま、義母は膝を内側にしてＸ脚になっていた。

「ぐっ……ママ、キツすぎて、チ×ポ、抜けないよ！」

「うふっ……あなたを、離したくないの」

隣で叔母が小さくため息を漏らした。

「あ～あ……麗《うるわ》しい親子愛だこと」

締めつけを軽減するように、何度かゆるいピストンをする。

「んん……あん、ああん……」

そうして、ニュルンとペニスは抜けた。まだフル勃起の状態で、勢いよく跳ね上がっている。

「え、叔母さん、いつの間に？」

叔母はいつの間にか全裸になっていた。

「ふんだ、焦らしながら脱いでやろうと思ってたのに、こっちにぜんぜん気づかないんだから。腹立つわー」

叔母は両手でスマホをかまえていた。

「二人とも、並んでこっちを向いて！」

「由美さん、やめて！　こんな格好なのに……」

「いいからいいから。横に並んでこっちを向いてよ」

有無を言わさず、パシャッと撮られてしまった。

「大丈夫よ、ほら……んふふふ」

スマホの画像を見ると、プルオーバーとジャケット姿の義母の隣に、学生服姿の優斗が写っていた。

「んふふ、高校生の息子とお母さんのスナップ写真にしか見えないわね。とてもセックス直後に見えないわよ」

そう言って、叔母は視線を二人の下半身に向けた。

三十八歳の無毛の女性器と、陰毛がまばらに生えた高校生のむき出しの男根。どちらもまだ周辺がヌメり、赤みがかっていた。

「それで……頭に来てるんだね？　気を引こうと服を脱いだの？」

「うふふ、由美さん、悔しくてハンカチ噛んでたのよ。『キー、くやしい！』って」

「もう！　二人してイジワルばっかり」

苦笑い七割に本物の悔しさ三割を滲ませた叔母は、ゆっくりと優斗に近づく。

「ほら、見てる間にオチ×チン、水平になっちゃったわ。また下がっていきそう。義姉さんに無駄遣いしちゃったもんね」

「あら、無駄遣いだって。失礼しちゃうわ」

失礼しちゃうわ。昭和のドラマのようなセリフだが、義母が口にすると自然なのがおかしい。

二人が双方から近づいてきた。

「優斗、オチ×チン元気にしてあげる。んふ、私の……お尻にも必要だもんね」

「そうよ。私のお尻にも……うふふ、耐えられるのかしら？」

調子を合わせたわけでもないだろうが、二人は同時に優斗の耳に口を近づけた。

「はうっ！　ああっ、ああああっ……」

瞬間的に鳥肌が立ってしまった。両方の耳に、熱い吐息が静かに吹きかけられたのだ。肩をすくめ、むき出しの下半身は無意識に内股になっていた。

「んふ、優斗、こんなところに性感帯があるの、知らなかったでしょ？　叔母として、いろいろ教えてあげたいわ」

「まあ、それは母親の私の義務なのよ、由美さん」

「んふふ、私は優斗の保健体育の家庭教師なの。お母様はお茶とケーキを持って、部屋を出てくれればいいのよ」

二枚の舌が両方の耳に入ってきた。べちょ、ぬちょと聞いたことのない音が直接脳内に響いてくる。

「んあっ、おばっ……叔母さんっ！」

叔母がペニスに触れてくると、膝が崩折れそうになった。

「ほーら、ちょっと元気になってきた。ゲンキンなものね。んふふ」

義母の手のひらが胸にすっと近づくと、そのままネクタイをくぐり、カッターシャツのボタンのあいだを割って中に侵入してきた。

「うふふ、優斗君の乳首、発見。なんだかこの感触、懐かしい。小学生のときを思い出すわ」

「あら！　義姉さん、小学生のときから、乳首でオナニーなんかしてたんですか？」

「…………」

「義姉さんにはかなわないわ。小学生のときからエッチのエリートだったのね！」

口を閉じた薄笑いを浮かべたまま反論しないのは、正鵠《せいこく》を射ているからなのか。

叔母にとって最善の反撃のつもりなのだろう。

「うふ、優斗君の乳首、硬くなってきたわ。オチ×チンばかりいじるんじゃなくて、新しいオナニーの世界が開けそうね」

新しいオナニーの世界……。

「でもだめよ、オナニーなんて、それこそ無駄射ちだから。これからしたくなったら、ママのところにいらっしゃい。いいわね？　優斗君」

「うん……」

細い指で乳首をコリコリこすられ、指の腹でデリケートにさすってきた。乳首に性感帯があるなどと女性に教えられるのは、なんとなく屈辱に思えた。あるいは母親だからいいのだろうか？

「ああ……あああ……」

耳たぶを甘噛みされ、耳の裏を舐めほじられた。喉の奥から高くかすれた声が漏れてしまう。背筋にぞわぞわした電流が走り、性器に精液が充塡《じゅうてん》されるのを感じた。

二人はやはり同時に、優斗の頬にチュッとキスをした。

「さあ、優斗、お風呂に行きましょう！」

「お、お風呂？」

「義姉さんがローションを用意してくれてるんだって」

ローション？　あの小さいポリタンクに入ったやつか？

「ママと叔母さんのお尻を、お風呂でローションを使って？」

「うふふ、そうよ……察しがいいわね」

「っていうか、ここまで来れば普通わかるよね」

「待って。その話も、僕が来るまでに怖い顔で決まってたの？」

「そう。鬼みたいな怖い顔して、優斗をどう料理しようかって。んふふふ」

「……僕が台風の目だったのに。やっぱり僕不在で話が進んでたじゃないか」

「あんた自分で言ったじゃない。ミツバチはっちゃんだって」

「ねえ、ママと叔母さん……僕がお尻の穴で遊ぼうとしたら慌ててたけど、あとになってから、ガゼン興味が沸いたってこと？」

「そう。エッチの猛勉強したのは、あんただけじゃないのよ。んふふ」

叔母は笑って、勝手知ったる他人の家の浴室まで、裸で歩いていった。小柄な三十六歳のお尻の揺れ方が魅力的だった。

「ここのお風呂、広くていいわね。まさに、3P専用って感じ！」

エコーのかかった叔母の声が、浴室から聞こえた。

「ママ、脱がせてあげるよ。ほら」

脱衣場で、義母のジャケットを脱がせる。

「次は、バンザイして」

義母は薄い笑みを浮かべたまま、言うとおりにしてくれた。プルオーバーの下はブラジャーをつけておらず、いきなり豊かな白い乳房が現れた。

「ああ、ママぁ……」

裸の義母に抱きついた。「着エロ」という言葉もあるが、スタイルのいい義母は、やはり裸が一番きれいだと思った。

カラカラとサッシを開けると、すでにシャワーを浴びていた叔母がいる。

「また二人の世界に入ってる！　そんなことしてたら、私ソープたっぷり使って身体洗って、ソッコー家に帰ってお酒飲んで、拗ねて寝てやるんだから！」

プロセスの説明がいちいち多い。

「ごめんごめん、叔母さんがいるの、つい忘れちゃって」

浴室に入り、まず立ったまま三人でシャワーを浴びる。

「どうしたの、優斗君？」

裸の女性二人をじっと見つめる視線に気づいた義母が訊いてきた。

「ママと叔母さん、二人の裸を同時に見られるって、なんだか不思議な光景だなぁって。すごい贅沢な眺めだなって思って……」

「んふふ、一生分の幸運を、今日使い果たしちゃったわね」

「由美さん、お尻をどういう体勢でやりたいの？」

叔母の憎まれ口を軽くスルーし、義母が訊いた。

「んー、普通に仰向けで、そのままお尻に、かな……」

「じゃあ、そのバスマットに仰向けになって。優斗君はローションを」

義母に命じられ、ローションのボトルを手にした。

「これを、叔母さんのどこにかければ……」

「由美さん、ローションプレイなんてしたことある？」

「ないわ。だから楽しみ！　義姉さんが変態さんでよかった」

「優斗君、おっぱいとお腹に、たっぷりかけてあげて。たっぷりよ」

ボトルのキャップを開け下に向ける。粘度のある透明なローションが、時間をかけて垂れていき、叔母の乳房に落ちていった。

「いやっ……冷たいっ！」

仰向けのまま叔母は肩をすくめ、脚をX脚にした。ただし顔は笑っている。

乳房から腹、そして股間にも、ローションをたっぷり垂らした。脚を閉じているので、股間に逆三角の小さな池ができ、そこに恥毛が海草のようにたゆたっていた。

「すごいネバネバ……透明だし、匂いもなんにもないのね」

叔母は手のひらで腹に触れ、ローションを伸ばして不思議がっている。

「パンケーキにシロップを垂らしてるみたいだ」

「んふふ、これからパンケーキを見たら、私の裸を思い出すでしょ？」

まだ叔母の声には余裕があった。

「叔母さん、脚を大きく拡げてみて」

叔母はさほどのためらいもなく、両脚をカエルのようにぱかっと拡げた。

こぼれるほどのローションを手のひらに垂らすと、叔母の性器にペタッと塗る。

「ああん……ヌルヌルが、気持ちいい」

余裕の笑みは途端に消え、顎を出してつらそうに顔を歪めた。

「ヌルヌルの手で触られると、こんなに気持ちいいのね。うっとりしちゃう……」

「叔母さんのエッチなお汁がなくても、ほら……」

優斗は中指を立て、ゆっくりと叔母の性器に挿入させていった。

「やぁん、オチ×チンが、ほしくなるわ……」

指の細さでは物足りないということか。

「優斗君、わかってるわね。そっちじゃないわよ」

寄り道しているのを、義母がやんわりと注意した。義母は浴槽に腰かけていた。行儀のいい行為ではないのに、膝を閉じて背筋を伸ばした姿はどこか上品だった。

「わかってる。叔母さん、お尻をもっと上げて。お尻の穴が見えるように……」

「さすがに、ちょっと恥ずかしいわね……」

両脚を上げたまま、お尻を持ち上げる。いわゆるまんぐり返しの姿勢だ。

「叔母さん、まず、指を挿れてみるよ？」

「優斗君、待って。これを指にはめて」

義母が持っていたのは、五百円玉ぐらいの薄緑のものだった。

「なにこれ？」

「コンドームよ。うふふ、ママがはめてあげるわ。指を出してごらんなさい」

浴槽に腰かけたまま、両手に持ったコンドームを、差し出された優斗の指に向ける。

「あきれた。あんた、コンドームを見たことがないの？」

「こうやって巻きをほどいて被せていくの。裏表を間違えちゃダメよ。うふふ、オチ×チンは自分でやってみなさい」

「義姉さん、そのコンドームは、兄さんとするため？」

「ううん、このために昨日、ドラッグストアで買ったの。久しぶりでちょっと恥ずかしかったわ。うふふ」

指には少々ブカブカだった。薄緑になった中指にもローションを塗る。

「叔母さん、指、お尻の穴に挿れるよ？」

「ゆっくりよ……私、初めてなんだから」

色素沈着も薄く、形の整った叔母の肛門は美しかった。

「叔母さん、お尻の穴、ちょっとヒクヒクさせてみて。それから、力を抜いて」

「なんか、慣れた言い方がムカつく……」

叔母は言われたとおりにしてくれた。ヒクついた肛門は、どこか幼女がお口をもぐもぐさせているようにも見えた。

集中線の中心に、中指の先をピトッと当てた。ほんの僅かに力を入れる。

「あっ……ゆっくり」

「わかってる……」

細心の注意を払い、慎重に力を込めていく。

指先の圧につられ、肛門は蟻地獄のように引っ込んでいった。そしてある瞬間に、プッと穴が開き、指の第一関節の半分ほどが入った。

「んああっ！」

「大丈夫、叔母さん？　痛くない？」

「……痛くない。ちょっとびっくりしただけ……そのまま、来て」

息をとめるほど緊張しながら、ゆっくりと指を叔母の肛門に沈めていった。

だが指の長さなど知れている。中指は根元まで肛門の奥に消えていった。

「由美さん、痛いのを我慢してるんじゃないでしょうね？」

「そうじゃないの……なんかヘン、なにも感じないの。もっと異物感があると思ってた」

上擦った声に怖れが混じっていたが、本当に痛みはなさそうだ。

ゆっくり抜いていき、第一関節だけを残して、また挿入した。腸が健康なのか、コンドームにイヤな色はついていない。そのあいだも、叔母は声を出さなかった。

「優斗、いけそうだと思う。オチ×チンを……」

「チ×ポは、直径が指の六倍ぐらいはあるよ」

叔母はまだ、吹き出す余裕すらあった。

「優斗君、そのコンドームを外して、そこのごみ箱に捨てなさい」

いつの間に用意したのか、浴室内にビニール袋がかかった小さなゴミ箱があった。

「じゃあ、次はオチ×チンね。自分ではめてみて。女の子の前で戸惑わないよう、練習が必要だものね。うふふ」

義母は腰かけていた浴槽からゆっくり降りた。床にしゃがみ、閉じた膝は上下に少しずらしていた。優斗がコンドームをはめるのを見守っているのだが、さりげない所作がいちいち優雅で美しい。

コンドームを根元まで被せ終えると、ペニスは薄緑に突き勃った。

「叔母さん、お尻の穴に、チ×ポ、挿れるよ……」

ペニスにローションを塗り込みながら、ゆっくり言った。

「んふ、んふふふ」

緊張の面持《おもも》ちなのに、なぜか叔母は笑いを漏らした。

「……なんか、思い出すわ。初めて兄さんとしたときのこと……すっごく怖くて、気持ちよかったかどうかなんて、覚えてないの」

「それから二十年以上たって……その息子の僕が、叔母さんのもうひとつの穴に、挿れるんだね」

「うふふ、うらやましいわ。肉親の絆ってすてきね」

異次元の発言の多い義母だが、さすがにこれはアウトだろう。

「じゃあ、叔母さん、お尻の穴の力を抜いて。痛かったらすぐに言ってね」

三人が息を呑む瞬間だった。

膝を踏ん張って上半身をしっかり支え、コンドームに包まれた亀頭の先を、叔母の肛門に当てた。全神経を腰に集中させ、徐々に力を加えていく。

「由美さん、まだ入ってないけど、お尻の穴をオチ×チンで拡げられるのはどんな気持ち？」

「指よりも太いのはわかる……丸いのが、入ってこようとしてるの……んあああっ！」

「うあおおっ！」

息を詰まらせながらの叔母の報告は途中で悲鳴に代わり、エコーを伴って劇的に響いた。同時に優斗も、低い男の悲鳴をあげた。

いきなり肛門が少し開き、あっと言う間に亀頭を呑み込んでしまったのだ。

「くっ……チ×ポの、首が絞まる！」

肛門は亀頭のカリを引っかけ、想像以上に圧をかけていた。

「由美さん、大丈夫？」

「大丈夫……痛くはないわ。急だったから、ちょっとびっくりしたけど……」

「優斗君はどうなの？」

「僕も、びっくりしただけだよ。それより、叔母さんが……」

叔母は可愛い顔立ちを歪ませ、目を閉じて歯を食いしばっていた。表情だけを見ると、苦痛に耐えているようにしか見えない。

「平気だって。ちょっと、怖いだけ……あと、異物感がすごい……」

「このまま、奥まで挿れてもいいんだね？」

「うん……ゆっくりよ……」

もう一度膝を踏ん張りなおし、気を取り直して、徐々にペニスを進めていった。

「すごいわ……ホントにお尻の穴に、オチ×チンが入ってる」

裸の義母がつぶやき、そっと自分のお尻に手をやった。想像してムズムズしているのだろうか。

たいした労力もいらないのに、優斗は全身に無駄な力を込めていた。

二十センチ弱ほどの勃起ペニスは、ゆっくりとだが確実に肛門に消えていった。

「優斗君、どんな感じ？」

「締めつけてるのは、お尻の穴の入り口だけ……じゃない。出口か、あとはそんなに……なんだか、チ×ポへの圧がやわらかいんだ」

「普通のセックスと較べて、どう？」

「違う……叔母さんのオマ×コとも、ママのオマ×コとも、ぜんぜん違う。別のところに入ってるのが、チ×ポの感覚でわかる……」

ペニスの三分の一が入り、そして軸棒のすべてが叔母の肛門に消えた。

白いふたつの尻肉と、優斗の鼠蹊部が広い面積でペタリとついた。少ないセックス経験でこの感触は覚えているが、ローションにまみれているので、体感的にはまったく新しい感覚に思えた。

「優斗、あとどのぐらい？」

叔母が顔をしかめたまま、耳を疑うようなことを訊いてきた。

「叔母さん、もう最後まで入ってるよ。お尻と僕の腰、くっついてるじゃないか」

「えっ……」

叔母は目を開け、ちょっとだけ顔を上げて結合部を見ようとした。だが性器ではなく肛門なので、さすがに見えない。

「うふふ、もっともっと奥まで入ったら、お口から出ちゃうかもしれないわね」

義母が上品に口に手をやり、宇宙人の名に恥じないおバカ発言をする。

「叔母さん、このまま動いても、大丈夫？」

「うん……ぜんぜん大丈夫だと思う。優斗、来て」

救いを求めるように、叔母が両手を差し伸ばしてきた。

肛門とペニスの結合部に刺激を与えないよう注意しつつ、優斗はゆっくりと上半身を倒す。そして同時に抱き合った。叔母は両脚も使い、優斗の下半身を抱いた。

顔を寄せると、磁石のように唇を吸い合わせ、激しいキスをした。

「あらら、肛門とオチ×チンが結ぶ、美しい肉親愛ね……」

義母がまた皮肉を口にする。だが異様な光景に少し圧倒されているのか、ちょっとトーンが弱めだ。

キスを解くと、文字どおり息のかかる距離で見つめ合い、叔母は小さく笑った。

「んふ、お兄ちゃんもしてくれなかったこと、優斗がしてくれたのね……」

「父さんに……実のお兄さんに、アナルセックスを求めたことがあるの？」

「怒られちゃった。んふふふ」

頬を膨らませて笑うさまを間近で見ると、本当に自分の妹のようだ。

見つめ合ったまま、慎重にピストン運動を始めた。途端に叔母は笑みを消し、薄く口を開いて、つらそうに目を細めた。

（これがお尻の穴の奥の感触か……気持ちいいんだけど、出口に無理やり挿れてる感覚がある）

ローションの助けもあるだろうが、ペニスが全方位から愛撫を受けているような気持ちよさだった。縦に無数の溝が入っているような感覚があり、ブルブルとこそげるような快感はないものの、ペニスが往復するたび、うっとりするようななめらかさが軸棒に伝わってくる。

「あんっ、ああんっ……あっ、優斗っ……兄さんっ！」

はっきり呼び間違えた。だが優斗はツッコまなかった。叔母の顔の周りが湿っぽいと思ったら、鼻を赤くして泣いていたからだ。

「あんっ、ごめっ……あんっ、いろいろ、思い出しちゃって……ああんっ！」

痛みのための涙ではないらしく、ひとまず安心した。

セックスの途中で泣かれるのは、ある意味興ざめだが、優斗は別のことを考えた。

父の話し方や声を、できるだけマネしてみる。

「由美、俺は、おまえと結婚したいぐらいだ」

予想どおりというか、前後に揺れる叔母の目から涙が溢れ出した。同時に、背中に回された叔母の手に力がこもった。

叔母の由美の泣き顔は見たことがない。あるのかもしれないが、覚えていない。

小さいころからずっと見上げていた、大好きな可愛い叔母。その叔母に裸でのしかかり、女性にとって性器よりも恥ずかしい肛門にペニスを突き刺し、感涙《かんるい》を流させている。優斗も密かに感動していた。

「叔母さん、お尻の穴まで僕にくれて、ありがとう。ずっと、叔母さんを、大事にするから……」

ピストンに声を割らせながら、優斗も強く叔母を抱き、腰の動きを速めた。

「麗しい言葉だこと……」

義母の冷やかしには、少々ドン引きのトーンが混じっていた。

「夢中になりすぎちゃダメよ、優斗君。そのあと、ママのお尻も待ってるんだから」

そう言って、またそっと自分のお尻に片手を当てた。憂《うれ》いを含んだ表情と相まって、上品で切なくて猥褻な動きだった。

「叔母さん、出るよっ！　叔母さんの、お尻の穴に……」

膣を往復するような強い刺激はないが、肛門でピストン運動をしているという状況が、射精の到来を速めていた。

「出してっ！　私の、初めてのところに……」

叔母は思いつめたように早口で答えた。

肛門の奥まで思いっきりペニスを差し込み、腹筋が割れるぐらい全身に力を入れながら勢いよく射精した。

「んああっ、叔母さんっ！」

コンドームをしているが、子宮口のように突き当りがないため、放出された精子は叔母の全身に飛び散った気がした。

「あああっ、優斗っ！」

吐精のあいだ、叔母は顎をのけぞらせ、苦悶に顔を歪めていた。可愛らしい顔立ちだが、こんな表情も美しいと思ってしまった。

下半身を叔母の両足でがっちり固定され、双方の両腕もお互いの背中を強く抱きしめていた。

「んふ、ありがと、優斗……高校生のころに戻った気分だったわ」

「僕も、三十台になった妹と、やっちゃった気分だよ」

「こいつ……」

叔母は鼻を赤くしたまま笑った。

ぺちぺちぺちと、冷やかしとわかる中途半端な拍手が起こった。

「第一幕の終了ってことでいい？　感動でむせび泣いちゃったわ」

義母にしては言い方がキツイ。

「由美さん、優斗君のオチ×チン、キバッて出してちょうだい」

「イヤな言い方しないでよ……」

叔母は苦笑いを浮かべつつ、つられたわけでもないだろうが「んんっ」と下半身に力を入れた。

「あ、出やすくなった。押し出されてるみたい……」

「あんたも、キチャナイ言い方をしないの」

出てきたコンドームに不衛生な色はついていなかった。

「優斗君、そのコンドーム、外して。手を汚さないようにね。ここに入れて」

義母がまた、小さなごみ箱を差し出した。

「うふん、優斗……」

ゆっくりと起き上がった叔母は、まだ赤い顔のままペニスに顔を寄せてきた。

「ああ、これが……さっきまで私のお尻の穴に入ってたのね。なんか不思議」

顔を横にして、ニンジンを齧《かじ》るウサギのようにペニスの軸棒をついばんだ。

「んふふ、お勤めご苦労さま。私のお尻、どうだった？」

叔母はペニスに話しかけている。

「叔母さんのほうが、よっぽどメルヘンだよ……」

「それも、アブノーマルなメルヘンね。幼稚園の先生だった私もタジタジ」

さっきから義母の言葉には、そこはかとない棘《とげ》があった。

「さあ、由美さん、交替してくださる？　表舞台から降りてちょうだい」

「ママ、さっきから言い方キツイけど、ひょっとしてヤキモチ妬いてる？」

「あらら、調子に乗ってるわよ。お母様、どうするの、コイツ？」

「そのとおりかもね。大切な息子にアブナイ遊びを教えるのは、母親のこの私の役目だもの……」

誰が聞いてもおかしい主張を、義母は凜《りん》とした口調で言った。

「大丈夫よ、義姉さん。優斗は順調にマザコンに育ってるから。ね、優斗？」

「う、うん……」

優斗も義母を見つつ即答した。

場所を替えるため、叔母はゆっくりと立ち上がった。そしてふいに腰を突き出し、片手をお尻にやった。二人の視線を感じると、恥ずかしそうに苦笑いを浮かべる。

「やん、優斗のが、まだお尻に突き刺さってるみたい……」

「やん、ですって。あなたの叔母さん、中学生みたいな声を出したわよ」

叔母は義母の言い方に堪《こた》えた様子もなく言う。

「んふふ、前は兄さん、後ろは優斗に貫かれちゃった！」

そう言い、前と後ろの穴を手で覆った。

「優斗君、幸せそうな叔母様をそっとしといてあげましょう。さあ、次は私の番よ義母はバスマットに寝る前に、優斗の股間に目をやった。

「二回出しちゃったけど、大丈夫なの？」

ペニスはさすがに水平を向いていた。

「できると思うけど……ママもいまの叔母さんみたいな姿勢で？」

「ううん、私は後ろから……」

義母はもぞもぞとバスマットにうつ伏せになり、ゆっくりとお尻を上げた。

お尻の縦線が消えるほど、最初からお尻を全開に拡げていた。僅かに色素沈着した肛門も、お尻を拡げたために集中線が少なく見える。もったいぶったところのない即物的な動きだったが、大きくて丸いお尻がいきなり目に入り、ひと息つきたそうだったペニスに、再び精子が充填されるのを感じた。

「優斗君、ママのお尻で好きなだけ遊んでいいのよ。うふふ、実はね、由美さんが来る前に、キチンとお手入れしてたから……」

横顔をマットにつけ、目を閉じて薄笑みを浮かべながら義母は言った。

「お手入れって……おトイレで？」

叔母が横から野暮なことを訊く。

「あら、それを訊かれるとは思わなかったわ。おトイレでちゃんとお浣腸して、お掃除して、それからこのお風呂で念入りに洗っておいたの。うふ、恥ずかしい……」

義母も義母でうれしそうに答えた。

（ママが……お浣腸！）

義母がトイレでパンティを膝まで下げ、手を後ろに伸ばして浣腸している光景を思い浮かべ、息が荒くなるのを抑えられなかった。そちらのアブナイ趣味はなかったが、義母が自分との肛門セックスに備え、お手入れしてくれたことに興奮を覚えたのだ。

「僕のために、ママ、ありがとう……」

優斗はお尻に頬をつけ、片手でお尻を撫でた。

「お尻って、ママの大きなほっぺたみたいだね」

「優斗、ローションを塗ってあげると、お母さんもっと喜んでくれるわよ」

ローションのボトルを逆さにして、お尻にドボッと垂らす。

「あん……冷たい」

「ごめんごめん。僕の手で温めてあげるよ」

両手でゆっくりとお尻を撫で回す。摩擦を大きく欠いたお尻を撫でると、自分自身がブルッと震えてしまった。まるで、濡れた氷の上を濡れた氷が滑るほどの摩擦しかない。

「ママ、このローションって、口に入っても大丈夫かな？」

「経口摂取物じゃないけど、少量なら大丈夫って書いてあったわ」

恥ずかしい体勢のまま、義母は即答した。ひょっとして事前に調べていたのか。

「優斗がなにを考えてるのか、わかっちゃった」

「きゃんっ！」

義母がお尻を引っ込め、聞いたことのない悲鳴をあげた。

ローションでテカる義母の肛門を、優斗が舌先で突ついたのだ。

「優斗くん、ダメよ、気持ちいいけど、そこは、そんなことしたら、ダメなの……」

義母は実に悩ましい声で優斗を牽制する。

「平気だよ。だって、きれいにしてあるんでしょ？」

ふたつのお尻に両手をつき、谷間に顔をうずめてお尻を舐めほじった。

「なんだか、ママと初めてキスしたことを思い出すよ……」

「優斗、あんたのオチ×チン、またすごい角度になってきたわね……」

叔母に言われて気づいた。ペニスはまた、腹にへばりつくほど硬く勃ち上がっていた。

口をOの字にして肛門に張りつけ、思いっきり吸い込んだ。

「やあああんっ！　ダメッ、それは、ダメよっ、優斗君っ！　いけないっ！」

義母はバスマットに張りつけた顔を、左右に激しく振っていた。

優斗が顔を離すと、口と肛門をローションの透明な糸がつないでいた。

「ママ、お尻に指を入れてもいい？」

質問のかたちだが、優斗はすでに中指を肛門に向けていた。

「優斗、ほら、はめてあげる……」

叔母がコンドームを手にしていた。手際よく優斗の中指にはめてくれる。

優斗は薄緑になった中指にローションを塗ると、ピトッと肛門に当てた。

「ママ、挿れていくよ……」

言い終えるころには、中指の第一関節が肛門の奥に消えていた。

「あああ、優斗君……」

巨大なお尻が、プルプルと震えた。

「義姉さん、痛くないの？」

「痛く……ないわ」

一瞬のためらいは、恥ずかしさのためだろう。優しいウソなどではない。

「ああ、ママのお尻の穴、僕の指をすごく締めつけてる」

「狭くてゴメンね、優斗君……」

「ううん、なんだか、ママの両手で包まれてるみたい……」

あっという間に、中指は根元まで肛門に消えた。

「ママ、指をズコズコしても大丈夫？」

「好きにしていいのよ。そこは、優斗君だけのオモチャだから……」

「義姉さんは、兄さんとソッチで遊んだことはないの？」

「由美さんと同じ。断られちゃったわ。かなり本気で……」

あっさりと義母は答えた。

「やっぱり……」

「だから、優斗君、そこはあなたの専用なの。だから、大切にしてほしいわ」

これはうれしい言葉だ。男性的な占有欲が満たされるのを覚えた。

反り返るほど伸ばした中指を、ゆっくり出し入れした。腸をきれいにしてあるので、コンドームにつくのはローションのテカリだけだった。

ふと、高校の級友にうらやましがられたことを思い出した。

父の再婚相手で義理の母だと伝えたときだった、

『タナボタじゃなくて、棚からダイヤモンドだよ』

そう言われた。義母なので、妖しい関係を勝手に想像していたのだろう。だが同時に、現実にそんなことはないとも思っているに違いない。

(義理の母親の肛門に、指を突き刺してる……)

あいつが見たらどう思うだろう。そう考えると別の優越感も湧いた。

同時に、自分専用にそんなものを用意してくれる義母に、セックスそのもの以上の深い愛情を覚えた。

「ママ、チ×ポ、お尻に挿れるよ……」

謝意を込め、しみじみと言った。

「ええ、来て……ママの後ろの処女、優斗君にあげるわ……」

後ろの処女。義母はそんな言い方をした。

(そうだ、叔母さんもそうだけど、ママもこっちは処女、バージンなんだ……)

男性との初体験に怖れと昂りを覚える女子高校生や女子大生と、なんら変わりはないのだ。直近の二度の射精のあとなので、完全勃起した優斗のペニスは、かすかに鈍痛を覚えていた。しかし、高揚感がそれを上回っている。

そそり立つ義母のお尻の後ろから、膝を拡げて上半身をしっかり起こした。

勃起したペニスを下に向け、切っ先を肛門の一点に向ける。

「優斗、忘れてるわよ。やってあげる」

叔母が手にしていたコンドームを、手際よく被せてくれた。

(叔母さん、これまで何本のチ×ポにコンドームを被せたんだろう？)

ちょっとそんなことを考えつつ、コンドームの上からローションを塗り込んだ。

白い腰をがっちりと摑み、ペニスを挿入させていく。

「ああ……優斗君っ！　あああぁ……」

義母は美声で呻いた。

「ママのお尻……すごく気持ちいい！　なにこれ!?」

信じがたいほどなめらかに、ペニスは侵入していった。強い圧はあるのに、まったく拒む様子がないのだ。叔母と同じく、はっきりと膣道とは違う感触だった。

感覚的にはあっという間に、ペニスは根元まで入った。

「ママ……僕のチ×ポ、根元まで入ったよ。ママのコーモンに……」

「なんか、一瞬の出来事だったわね。義姉さん、痛くないの？」

「ぜんぜん……それより、うれしいわ。完全に、つながってる感じがして……」

目は閉じていたが、バスマットにつけた義母の横顔の口元に笑みが浮かんでいた。

「ヘンなもので練習したとか？」

「うふ……キュウリや削ったニンジン、まだ青くて硬いバナナとか……コンドームを被せて何度か試したわ……」

うっとりした声音だが怖い告白だ。

「それ、最近お料理とかおやつで全部僕が食べたやつだよ……」

「うふふふ、優斗君が口にするのを見てドキドキしちゃった」

さすがに引いたらしく、叔母は手を口に当て、目を見開いていた。

「ママ、美人なのに、すごい変態なんだ……息子にそんなものを食べさせて、父さんもいる食卓で、エロい気持ちになってたんだね？」

そう言いながら、優斗は肛門ピストンを始めていた。

「ああ、そうなの……いけないお母さんで、ごめんなさい。あっ、あああっ！」

「違うよ。うれしいんだ。美人で宇宙人で変態のお母さんを持って……僕、北太平洋一の幸せ者だよ！」

「ヘンなカテゴリー……」

叔母が独り言のようにツッコむ。

叔母のときと違い、バックからなので、結合部がよく見える。

妙齢の女性の肛門に自分のペニスが出入りする光景は、怖ろしく不道徳で背徳的な眺めに見えた。自然の摂理に反した性行為であり、父を裏切ってもいる。

「ママ、ママ、ホントにありがとう。こんなこと、させてくれて……」

だが、歪んでいようと義母の愛は本物だと思った。いびつな行為に及んでいるのに、性的興奮とともに、深い謝意が沸き起こってくる。

「すごい速さね……なのに義姉さん、うれしそう。私だったら、壊れちゃう」

壊れるというのは、お尻に関する恥ずかしい病気のことを言っているのか。

「ママ、大事にするから……これからもっ、こんなこと、させてねっ！」

幼児が母を見上げて口にするような言葉を、肛門ピストンで声を割らして叫んだ。

「いいわよっ！　いくらでも、来なさいっ！　あなたは立派な、孝行息子よっ！」

「あなたたちって……たしかに、極東アジア一の仲よし親子だわ」

皮肉だろうが、ちょっとうらやんでいるらしい様子が、声のトーンでわかった。

「ママッ……お尻の穴に、出すよっ！」

「出してっ、放ってちょうだいっ！　ママのお尻に、優斗君の、思いの丈をっ！」

往復のたびに凹凸を繰り返す肛門周辺を見ながら、優斗は三度目の射精を果たした。

二度の射精から間を置いていないのに、怖ろしく充実した放出だった。

「ママ、ママ、たくさん、出た……ママのコーモンの奥に……」

直腸の最奥にペニスを差し込んだまま、優斗は奥歯を嚙みしめて言った。

ペニスの直径そのままに拡げられた女性の肛門、薄緑のコンドームの根元のリング、陰毛もまばらな優斗の鼠蹊部……。それらがワンカットで視界に収まる眺めは、写真に撮って、ことあるごとに鑑賞したいほどだった。

「抜くよ……」

普通のセックスよりも慎重に抜いた。一気に抜いて、いけないものが噴出しないか怖れたのだ。

ペニスを抜ききると、文字どおりのブラックホールが小さくなっていき、数秒と経たずに集中線に戻った。三回の射精でペニスには鈍痛があるのに、抜けた瞬間にまた元気よく跳ね上がった。

「優斗、ほら、先に抜いて捨てちゃいなさい！」

手を汚さないようにコンドームを抜き、ごみ箱に捨てる。

「うふふ、ホント、まだ優斗君のオチ×チンが、お尻の奥に残ってるみたいだわ」

「でしょ」

義母はバスマットに身体を横たえさせたまま、お尻に手をやり、もぞもぞと全身で余韻に浸っていた。

「優斗、寝て。オチ×チン、疲れたでしょ。マッサージしてあげる」

「マッサージ？」

義母と場所を替わってもらい、仰向けに寝た。

なんとなく想像はついたが、叔母はペニスの横にしゃがんだ。

義母も反対側にしゃがみ込み、二人はペニスと対峙した。まだ身体は頼りなくクネッていたが、独り占めさせるもんですかというオーラが、身体から染み出ていた。

疲れ果て、くたっとなったペニスを、由美が摑んで起こす。

「そう。お口でマッサージ……んふふ、手より舌のほうがやわらかいでしょ？」

「由美さん、もう少し立てて。舐めにくいわ」

「やっぱり、ちょっとゴム臭いわね」

「これが、ついさっきまで私たちのお尻の穴に入ってたのね……」

「さすがに、フニャチンになったわね。舐めてれば元気になるかな？」

「由美さん、まだしてほしいの？　性欲が底なしね……」

「だって私、まだオマ×コに挿れてもらってないもん！」

「由美さん、女の子が『オマ×コ』なんて口にしちゃいけません！」

義母は四文字をことさらに強調して注意した。

「優斗、もう一回大きくして……赤ちゃんがほしいから」

その場にデリケートな沈黙の時間が流れた。

「……ほんとにそれだけ？」

「んー、ただただ、優斗とオマ×コしたいってのが理由の半分！」

「うふふ、正直すぎるわ。由美さんのエッチ！」

「義姉さんのドスケベ！　んふふふ」

優斗不在のまま、ペニスを囲んで三十路の美女たちは笑い合っていた。

「え！　ちょっと、ほら……」

「あら！　ほんとだわ……」

我ながら信じられないことに、ペニスは再び硬度を復活させていた。

エピローグ

「優斗、ドレッシングを取ってくれ」

朝食のテーブルで、父がトーストを頬張りながら言った。

「あなた、ドレッシングがいつも多いわよ。糖分も塩分も油分も多いんだから」

「中年男性には、生野菜は物足りなくてな」

父は上座に座り、義母が優斗と向かい合って腰かける。

襟のないベージュの丸首ブラウスと真紅のスカートは室内着で、見た目にも軽やかで動きやすそうな姿だ。

「優斗、なんでまだパジャマなんだ？　遅刻するぞ」

「今日は創立記念日なんだ。休みだよ」

「そうか。それでも朝食は律儀に食べるのか。俺なら昼まで寝てるがな」

父は朝食を噛まずにほとんど呑み込み、忙しく洗面所でうがいをした。

食べ終えた優斗と義母も立ち上がった。父を玄関まで見送るのだ。

普段なら、優斗も学生服に着替えており、父を見送ってから学校に向かう。

「じゃあ行ってくる。親子で仲よくな！」

皮肉になっているとは気づかずに、父はそう言って元気よく家を出ていった。元々は他人の二人の関係を、まだ気にしているのだ。

「いってらっしゃい、あなた」

義母があいまいに手を振り、扉が閉じられた。

並んで見送ったその姿勢のまま、優斗は手のひらで義母のお尻を撫でた。

「ダメよ……パパが帰ってくるかもしれないわ。このあいだ、電車のパスを取りに戻ったのを忘れたの？」

普段、学生服の優斗と義母はこの瞬間に抱き合い、激しいキスと愛撫をしてから慌ただしく学校に向かっていた。先日、出かけた一分後に、父が戻ってきたことがあったのだ。そのとき、優斗は義母のスカートをめくり上げ、パンティのすきまからお尻を撫でていた。まだ玄関に二人が立っていることに父は訝《いぶか》し気だったが、間一髪でバれることだけは避けられた。

「大丈夫さ。父さん、あのとき電車を一本遅らせたから、気をつけてるよ。それより……ママ、もう我慢できない！」

激しく義母の口を吸って舐め回し、スカートの上からお尻を鷲掴みにした。

「もう、優斗君、激しいわ。こんなところで……」

スカートにもぐりこませた手を前に回し、パンティの上から性器を包んだ。

「だって、あれからずいぶん経ってるんだよ……」

「もう、何度か、エッチなことしたじゃない……」

「いつ父さんが帰ってくるかわからないから、落ち着いてママを味わえなかったんだ。今日は一日、離さないよ」

「優斗君……」

義母と叔母の三人で、お風呂でアナル3Pをしてから二週間が経っていた。

下校後、義母とセックスしたことは数回あったが、出張後の父は定時退社することが多く、日が暮れる前に帰宅することもあったため、いつも慌ただしい性交だった。

「優斗君、落ち着いて！　ここは玄関よ。お客様が来るところで、ママ、不安になっちゃうわ……」

「いいじゃない。ここでやろうよ。トイレとか僕の部屋、ママの部屋、父さんの部屋、家じゅうの全部で、ママとセックスするのが僕の夢なんだ。壮大なプランだろ？」

「男らしい雄大なプロジェクトね……あぁんっ！」

繊維のやわらかなブラウスの上から乳房を揉むと、義母は高い声を出した。

「この新しい家全部が、僕とママだけのHな密室なんだよ！」

「うふっ……あんっ、この家が、私たちだけのラブホテルになるのね」

仕方なく息子に合わせたのではなく、魅力的な考えに思ってくれたらしい。

「そうだ、ママ、今度ラブホテルに連れてってよ。社会勉強のために」

「ダメッ……あぁあんっ、なにが、社会勉強よ……あんっ！」

いやらしく囁きながら、髪の毛をかき上げ、義母の耳に舌を這わせた。

「子供を動物園とか図書館に連れていくのと同じだよ。義理の母親の教育義務のひとつだよ。僕、感想文を先生に提出するから……」

「内申点が上がるかもね……いいわ、今度連れていってあげる……あぁんっ！」

ここで肯定されてしまい、話の接《つ》ぎ穂を失ってしまった。

優斗は器用に義母のスカートのホックに手をかけた。軽いスカートは、毛の多い玄関マットの上に音もなく落ちた。

「ママ、なんでブラジャーしてないの？」

薄いブラウスの感触から、ブラジャーをしていないのはすぐにわかった。ブラウスの上から、乳首をコリコリといじめつつ、義母にゆっくりと訊いた。

「僕とすぐ、エッチができるようにするためだよね？　そうだと言ってくれたら、僕うれしい……」

「こうなるだろうとは、思ってたから……」

やや言い訳くさいトーンで、しぶしぶ義母は認めた。

「じゃあ一秒も無駄にしないでおこうね。ママ、バンザイして」

言い終える前に、優斗はブラウスの裾に手をかけ、ずり上げていた。

ぶるんっと大きな揺れを見せ、豊かな乳房が現れた。

義母は玄関を見やり、不安そうに小さく息をついた。

「こんなところでパンティ一枚になったの、生まれて初めてだわ……」

「おっと、最後の一枚が残ると思う？」

優斗がいやらしく言うと、義母はちょっと表情をあらためた。

「待って！　優斗君、ちょっと落ち着きましょう」

そう言って膝をついてしゃがむと、優斗のパジャマのズボンを一気に引き下げた。

ブリーフもひと息にずらす。

「まあ！　朝からこんなにしちゃって……」

息子にあきれ返る母親の口調だった。ペニスはすでに天頂《てんちょう》を向いている。

「いけないオチ×チンには、お仕置きが必要ね……」

二人で温泉旅行に出かけたときのように、『ママは怒ってるんだゾ』プレイをしているのか。

笑みもなく、美しい顔に若干の怒りを浮かべて、義母はいきなりペニスを真正面から呑み込んだ。

「んおおっ……ママッ！」

へっぴり腰になってしまったが、義母の手が尻に伸び、無理やり引き戻された。

「あああっ！　ママのフェラチオ、これが最高かも……」

お仕置きの意思表示なのか、いつもの優しいフェラチオではなかった。歯を立て、ガリガリと軸棒をこそげてきたのだ。

立っている優斗からは、義母の頭の後ろに、白いパンティに包まれたお尻のなだらかなふたつの小山が見えていた。

まる一日かけて義母と性行為をしていたいのに、早々に射精の予感が走った。

（でも、もうそろそろ……）

高まる興奮に抗《あらが》いつつ、玄関を見た。扉の脇が一部すりガラスになっていて、人が来たらわかるようになっている。

「はあん、すてき……優斗君のオチ×チン、やっぱりおいしいわ！」

義母の声に嬌声が混じってきた。どうやら、怒ったフリごっこはやめたらしい。

「ママ、そのまま、自分でパンティを脱いでみて」

義母はお口ピストンをゆるめないまま、片手を腰にやりパンティを脱ぎはじめた。難しい姿勢なので当然脱ぎにくい。片脚が抜けると、義母は白いパンティをしわくちゃのまま足首にかけていた。

「誰か来た！」

人影がすりガラスに映った。

義母は本能的にペニスを口から離した。チュプンと猥褻な音がし、口とペニスのあいだを、義母の唾液が一滴、宙を舞った。

「こんにち……」

叔母の由美は短いあいさつすら、最後まで言えなかった。

「朝から玄関で大胆ね……さすが仲よし親子というか」

「違うの！　由美さんっ、これは……」

「義姉さん、どう考えても、言い訳できないわよ！」

大きな襟のついた薄ピンクのワンピースを着た叔母は、失笑をこらえつつ、後ろ手で玄関を閉め鍵をかけた。肩には大きめのバッグをかけている。

「戸締りもしないで……いくらなんでも危ないわよ。私じゃなかったら、どうするつもりだったの？」

「叔母さんが八時にくるのを知ってたから」

しゃあしゃあと優斗が答える。

「えっ……来るのは聞いてたけど、八時だったの？」

ペニスの前で全裸でしゃがんだまま、義母は優斗と叔母を交互に見た。

「ごめん、ママをちょっと驚かそうと思って……」

「もう、心臓がとまるかと思ったわよ……」

「あの、お邪魔だったら帰るけど？」

叔母らしいちょっとイジワルな口調だったが、いつもは同時に浮かべる笑みがなかった。叔母は玄関の三和土でヒールも履いたままだ。

「いいよ。裸だけど大歓迎。叔母さん、誰にも言えないコトをしに来たんだよね？」

「それは、そうなんだけど……」

否定はしなかった。そして雰囲気の違う深刻さをまとっていた。

「ちょっと大事な話があるの。裸でいいから聞いてくれる？」

大事な話。優斗は真っ先に、離婚の文字が頭に浮かんだ。

叔母はヒールを脱ぎ、まっすぐ廊下を進んだ。そのあとを全裸の義母と上半身だけパジャマを着た優斗が追う。

「由美さん。大事な話って……」

叔母は振り返り、数秒ほど経ってから言った。

「……赤ちゃん……できたみたいなの」

人生最大の衝撃だった。

呆然と立ちすくむ優斗に、叔母は初めてにっこりと笑った。優斗に近づくと、ゆっくり抱きついてくる。優斗は抱き返すのも忘れていた。

「それ……僕が父親なの？」

「そう……そして、私がお母さん」

「……………」

救いを求めるように義母のほうを向くと、口に手を当てて涙を浮かべていた。

「由美さん、おめでとう……」

「まだはっきりしたわけじゃないの。自分で妊娠検査キットで調べただけだから。これから産婦人科に行かないといけないのよ」

「旦那さんには言ったの？」

「うん。大喜びだった」

「全部を理解してくれて？」

「そうよ。誰かは訊いてこなかったわ。ホントに興味ないみたい。うちの人もちょっと変わってるのよ。私が産む子供ってだけで満足みたい」

まだ呆然としている優斗は、やっと我に返って叔母を抱き返した。

「んふふ、あんたは責任を感じる必要はないのよ。これまでみたいに、私の弟分でいればいいの。子供が生まれたら、法律上は従兄になるのよ」

「うん、わかった……」

「間違っても、『アーイアム・ユアファーザ』とか言っちゃダメよ！」

有名なSF映画のセリフを真似し、叔母は一人で笑った。

「由美さん、だったら、しばらくセックスは控えたほうがいいんじゃないの？」

義母が現実的なアドバイスをした。

「それは、もうひと月ほど経ってからね。まだホントに妊娠したのかもわからないし。明日の午後、産婦人科に予約を取ってあるの」

優斗と義母は、報告の大きさにまだ呆然としていた。

「優斗、びっくりしすぎて、オチ×チンが小さくなってる。ダメよ！　今日一日エッチしまくるんだって、言ってたじゃない」

二人は全裸と半裸でいることに初めて気づいたように顔を見合せ、苦笑した。

「その報告は理由の半分よ。さっき優斗が言ったじゃない。あとは、んふふ、私も交ぜてほしいから来たのよ」

まだ頭がついていかない二人をよそに、叔母は浴室に向かっていった。

「叔母さん、お風呂に行くの？」

自分の家なのに、なにか遠慮した口調になってしまった。

「それに関してだけど、ちょっと……早まったことをしたみたいなの」

早まったこと。事態が事態だけに、怖い未来を暗示させる言葉だ。

脱衣場に入ると、叔母はワンピースを脱ごうとして、ふとその手をとめた。

「そうだわ……あんた、私にヘンなことしてほしいって、言ってたわね？」

「ああ、そうだったね……」

ショックのあまり、すぐに内容を思い出せなかった。

叔母はソックスだけを脱ぐと、ワンピースのまま浴室に入った。

「ちょっと、由美さん……」

「お母様、息子さんの教育、しっかりしてください。叔母の私に、すごく変態的なことを、スマホで注文してくるんです」

浴室で立ったままの叔母は、いつものイタズラっぽい笑みを浮かべていった。

「ここ？　排水溝の近くで、立ったほうがいいわね」

「優斗君、由美さんになにをお願いしたの？」

「それは……お、叔母さんに、服を着たまま、お漏らししてほしいって」

「まあ！」

「それも、軽そうなワンピースかスカートで、色は白系統で着替えもちゃんと持ってきてほしいですって。条件を細かくつけてきたのよ。びっくりしちゃった！」

「ママの知らないところで、そんなことを頼んでたのね、うちの恥ずかしい息子は」

責める口調だが、義母の顔は笑っている。

倒錯プレイが目の前で行われようとすると、優斗も気持ちが切り替わった。

「見て！　空気を入れたタイヤみたい」

蛇口のように下を向いていたペニスは水平になり太さも増して、義母と叔母が見ている前で、再び天に向かってそそり立った。

一瞬でパジャマの上を脱ぎ、自分も浴室に入った。義母もあとに続く。

「優斗じゃなくて、義姉さんに見られるほうが、恥ずかしいかも……」

「大丈夫よ。私もパンティ穿いたままおしっこしろって、優斗君に命令されたから」

「義母と叔母。私たち『母』がつくのに、この子の餌食《えじき》になってるのね……」

「僕はママと叔母さんのものだし、ママと叔母さんは僕のものだよ」

「わかった。許す！」

一瞬の沈黙があり、三人の視線はワンピース姿の叔母の股間に集中した。

「このまま、すれば……いいのね？」

「待って！　ワンピースがヒラついてるから……」

優斗は叔母の斜め前にしゃがんだ。

ワンピースの裾の後ろに手を回し、軽く折りたたんだ。ふわりと外側に広がったワンピースの裾は、タイトスカートのように、ふともものの形を浮かばせる。

「叔母さん、うれしいよ。お願いしたとおり、ちゃんと薄い繊維の白いワンピースだね。こうすると、パンティラインがくっきり浮き出てる」

「大切な甥の、心からのお願いなんですもの」

緊張が滲み出ていて、おどけた口調は失敗していた。

「もう少し腰を突き出してみて。そう……さあ、レッツトライ、おもらし！」

「優斗、お股に顔が近いわよ……」

「僕、おしっこの音も聞きたいんだ」

「覚えてらっしゃい……」

義母にも言われたセリフだ。女性の羞恥心に負荷のかかることばかりさせている。

見ると義母も、固唾《かたず》を呑んで叔母の腰周辺を見つめていた。

ジョオォ……と、こもった音がかすかに聞こえてきた。

見ている間に、白いワンピースの股間部分に、不定形の滲みが現れた。

「いや……やっぱり恥ずかしい」

珍しく叔母が弱気な声を出し、動揺で身体を揺らした。ワンピースの裾を掴んだ優斗の手が、その動きを封じる。

おしっこの滲みは白いワンピースに広がり、下に垂れていった。見るとふとももの内側におしっこの筋があり、そのまま床を薄黄色に染めている。

シヨオオオオと、こもった排尿の音は大きくなった。

「叔母さん、おしっこ、勢いついて飛び出てる！」

「いやぁ、見ないで……」

おしっこはワンピースを突き抜け、あいまいな放物線を描いた。

「ちょっ……優斗、ダメよっ！」

優斗は手のひらで、飛び出した叔母のおしっこを受けとめた。お椀にした手のひらに小さな池ができ、優斗はその手をワンピースの上から性器に当てた。

「叔母さんのおしっこ、すごくあったかい。冬の恒例プレイになりそう……」

「心配しないで、由美さん……私もそれをされたから」

全裸の義母は腕を組み、顎を引いてちょっと余裕の笑みを浮かべていた。

「あああっ、優斗っ、それはダメッ！　このヘンタイッ！」

優斗はその手を口に持っていき、舌を大きく出して舐めた。

「ちょっとしょっぱい！」

「感想も同じね……」

評論家のような口調だが、悔しさが滲んでいると思ったのは気のせいか。

薄いワンピースは、濡れて奥の白いパンティの色と柄まで透かせていた。

やがて排尿は終わった。浴室全体が湿っぽくなり、おしっこの香りが漂う。

「よかったよ、叔母さんのお漏らし……ほら、僕のチ×ポ、カチカチ」

「由美さん、感想はいかが？」

「こいつ……兄さんより、アブナイやつ」

「さあ、脱ぐのを手伝ってあげるよ」

ワンピースを肩から抜き、下に落とした。

「これ、軽いのに、べチョッて重く落ちたわね……」

叔母は泣きそうな声でつぶやいた。

「それ、軽く絞ってあとでうちの洗濯機に入れるわ」

叔母は後ろ手でブラジャーのホックを外した。体形からはわかりにくい美巨乳が現れる。甥に若干の怒りはあるとしても、ヤル気満々ではいるのだ。

優斗は白いパンティの腰ゴムに手をかけた。

その手を叔母が制した。

「待って……見ても冷やかさないでね」

「えっ？」

「さっき、早まったことをしたって言ったわね。コレのことなの……」

そう言って手を離した。脱がすのは優斗にさせてくれるらしい。

濡れて脱がしにくくなったパンティを下げていくと、性器にあるはずの恥毛がなかったのだ。義母と同じく、Y字に線が入った無毛だった。

「え！　叔母さん、これ……」

「義姉さんのを見たとき、蒸れなくていいかなって思ったんだけど、産婦人科に行ったとき恥ずかしいなって、あとで気づいたの」

「それは……ちょっとそうかも」

「由美さん、蒸れなくていいって、理由はそれだけ？」

「……それが半分。あとは、義姉さんに対抗したくて」

「旦那さんは、なにも言わなかったの？」

「喜んでた。うちはマンネリセックスだけだから」

落ち込んだような口調ながら、しゃあしゃあとそんなことを言う。

「優斗、早くシャワー流してよ。変態少年以外、あまり歓迎したくない匂いだから」

シャワーで排尿の痕跡を流す。

「優斗君、寝て」

義母が命じた。優斗がバスマットに仰向けに寝る。

「うふふ、じゃあ、おめでたい報告をいただいたから、最初は由美さんに譲るわ」

阿吽《あうん》の呼吸ができているように、由美は優斗の上に跨った。

「この変態！　ホントに死ぬほど恥ずかしかったんだぞ……」

腰を落としていき、手でペニスを起こした。垂直になったペニスを、自分の下半身に挿入していく。

「あああっ……懐かしい、優斗のオチ×チン！　二週間ぶり……」

叔母は顎を出し、うれしさと苦悩を同時に顔に表していた。

「優斗君、ママのを……舐めてくれる？」

やはり「る」だけ発声をあげ、義母は優斗の顔の上に跨ってきた。

「ママ、毛のないオマ×コ、きれいだね……」

「うふ、この近さで見られるから、お手入れが大変なのよ。永久脱毛したいぐらい」

「じゃあ、私も考えようかな……産婦人科で恥ずかしいのは一年足らずだし」

義母の身体で見えないが、叔母のそんな声が聞こえた。

「ああ、ママのオマ×コ、おいしい！　生牡蠣みたい……レモンで食べたいよ」

「まあ！　沁みるじゃない」

テラテラと光る内奥を、舌を突き出して舐めた。

「優斗君、ママも……赤ちゃんがほしいって言ったら、びっくりする？」

いくぶん声を落として、義母が訊いてきた。

「とてもとても、びっくりするっ！」

「うふ、でも、パパの子だってウソつくのは簡単よね。どうかしら、あなた？」

あなた、のニュアンスがうれしかった。

「わかった。がんばろう、雅美！」

父の口調を真似て言うと、見上げる義母の顔に幸せそうな苦笑が浮かんだ。

「ママ、妊娠検査キットって、おしっこをかけるんだよね？」

「ええ、そうね……」

「気が早いけど、検査の練習をしてみない？」

「練習って？」

「僕を、検査キットだと思って……」

意図を察した義母に、上品で妖しい笑みが浮かんだ。

つかの間の沈黙のあと、優斗の顔に糖尿病を連想させる、義母の甘く温かいおしっこが舞い散った。それは顔じゅうにかかり、決して少なくない飛沫《しぶき》が優斗の胸まで流れていった。

◉新人作品**大募集**◉

マドンナメイト編集部では、意欲あふれる新人作品を常時募集しております。採用された作品は、本人通知のうえ当文庫より出版されることになります。

【応募要項】未発表作品に限る。四〇〇字詰原稿用紙換算で三〇〇枚以上四〇〇枚以内。必ず梗概をお書き添えのうえ、名前・住所・電話番号を明記してお送り下さい。なお、採否にかかわらず原稿は返却いたしません。また、電話でのお問い合せはご遠慮下さい。

【送付先】〒一〇一-八四〇五 東京都千代田区神田三崎町二-一八-一一 マドンナ社編集部 新人作品募集係

【僕専用《ぼくせんよう》】義母《ぎぼ》と叔母《おば》のW《だぶる》相姦《そうかん》ハーレム《はーれむ》

著者◉浦路直彦【うらじ・なおひこ】

発行◉マドンナ社
発売◉二見書房
東京都千代田区神田三崎町二-一八-一一
電話 〇三-三五一五-二三一一(代表)
郵便振替 〇〇一七〇-四-二六三九

印刷◉株式会社堀内印刷所 製本◉株式会社村上製本所 落丁・乱丁本はお取替えいたします。定価は、カバーに表示してあります。

ISBN978-4-576-20194-8 ◉Printed in Japan ◉©N.Uraji 2020

マドンナメイトが楽しめる! マドンナ社 **電子出版**(インターネット)……https://madonna.futami.co.jp/

Madonna Mate